やっとできた彼女だったのに親の再婚で兄妹になりました⁉
～ひとつ屋根の下でバレずにできるかな？～
愛内なの
イラスト：能都くるみ
ぷちぱら文庫
creative

プロローグ　ふたりの秘密の関係……3
第一章　恋人から兄妹へ……16
第二章　ひそかな逢瀬……82
第三章　深まる恋人の絆……136
第四章　始まる家族会議……190
エピローグ　平穏の中のふたり……242

プロローグ ふたりの秘密の関係

部屋で学校の宿題をしていると、一階から夕飯の用意が出来たという声が聞こえてきた。

「ああ、もう夕食の時間か。気を付けないとな」

俺は机の上を片付け、リビングに向かう。

すでに俺以外の家族が揃って食卓を囲んでいた。

父と義母、そうして義妹。それが鮎川《あゆかわ》家の、俺の家族。

「健吾《けんご》、学校での調子はどうだ？」

「別に変りないよ、いつもどおり。親父がそんなこと聞くなんて珍しいな」

席に着くと親父が声をかけてくる。

「いや、問題ないならいいんだが……」

「宗一《そういち》さんも心配しているのよ。クラスメイト同士がいきなり家族になるなんて、大変なことだもの」

安心するような柔らかい声音で、そう言うのは美穂《みほ》さん。

親父の再婚相手で、俺の新しい母親だ。

そして、もうひとり。

「最初は少し騒ぎになったけど、今はたいしたことないわ。慣れちゃえばどうってことないし」

綺麗で長い黒髪に、パッチリした目が可愛らしい少女。

スタイルも抜群で、町を歩けば自然と人目を惹くほどの魅力だ。

彼女が新しく妹になった彩夏《さやか》だった。

そして彩夏との間には、両親に秘密にしているもう一つの関係がある。

俺たちはその後、平穏のまま夕食を終えた。

両親はそのままリビングに、俺たちはそれぞれの部屋へ戻ることに。

自分の部屋に戻って数分後、扉がノックされる。

「あたしだよ。入っていい？」

「ああ」

短く答えると彩夏が中に入ってくる。

そして奥まで来ると、そのまま遠慮なくベッドへ腰掛けた。

「ふぅ……」

「どうした、疲れたか？」

「だって、家族らしくするのって意外と大変だし」

「そうだな、意外と大変だった」

俺も彩夏も、ついこの間まで片親の家庭だった。

俺のほうは、母親を小学生のころに病気で。

彩夏は父親を、中学生のころに事故で亡くしている。

そのことについては割り切っているし、お互い経験者なので穿《ほじく》り返すようなことはしない。ただ、家族が増えるというのは初めてのことだ。それも、一気にふたりも。

最近は多少慣れてきたけれど、まだ落ち着かない場面も多い。

両親の手前、他人行儀にする訳にもいかないし。

「……でも、一番の問題はそこじゃないのよね」

「そうだな。……俺たち、再婚の一週間前に恋人になったばかりだったもんな」

俺と彩夏は、お互いに目を合わせると苦笑いする。

ふたりは元々同じ学校に通っていて、二年生になってからはクラスメイトだ。

そして、そのクラス替えのときに俺のほうが一目惚れした。

三年へと進級し、ついこの間、一年越しに告白したのだった。

俺も彩夏も初めての恋人ということもあって、内心ドキドキワクワクしていた。

これから恋人としてどんなことをしようか、とか。

しかし、その翌週には親から再婚すると言われ、面会してみたらなんと相手の連れ子が恋人だったという訳だ。

まさかの展開に仰天した俺たちは咄嗟《とっさ》に恋仲であることを隠し、今まで過ごしている。

「ママたちに、恋人ですなんて言う訳にもいかないしね」

「ああ。ようやく再婚したんだ、変に水を差したくない」

この点で俺たちの考えは一致していた。

だが問題は、家では真っ当な兄妹を演じなくてはいけないという点だった。

ようやく恋人になれた相手が同じ屋根の下暮らしているというのに、迂闊に手を繋ぐことも出来ない。

だから、こうして夜中にこっそり、ふたりだけになって過ごしている。

「ねえ、健吾も椅子に座ってないで、こっちに来てよ」

彩夏に言われてベッドへ移動する。

隣へ腰掛けると、彼女は俺の顔を見上げた。

「どうした？」

「うーん、やっぱり不思議な気分だなって」

「兄妹と恋人を行き来してるんだからな、仕方ないよ」

「まあでも、飽きる心配はなさそうかな？」

「彩夏はいつもポジティブだな」

「だって、そのほうが気分はいいよ！　悩んでいるよりはね」

彼女はそう言って笑みを浮かべると、俺に体を寄せる。

そして、自然と顔を近づけてきた。

「ねぇ、健吾……」

「今は恋人だからな……ん」

俺のほうからも顔を寄せてキスする。

「ッ！　ん、ちゅ……ちゅ、ちゅぅ……んっ♥」

唇が触れ合った瞬間、少しだけ彩夏の体がこわばった。

もうだいぶ慣れてきているはずだけれど、行為を始めるときは緊張するようだ。

それでも、すぐキスに夢中になっていく。

「んちゅ、れる……はぁっ……ちゅ、れろ……れるるっ♥」

唇だけでは物足りずに、舌も絡めはじめる。

自然と体もくっついて、俺は彩夏の腰に手を回す。

「あ、んっ……」

彼女は抵抗せず、そのまま俺とキスを続けた。

それをよいことに、手を動かして形のいいお尻を撫でる。

「ちゅ、ちゅぅ……健吾の手つき、いやらしいよ？」

「恋人とキスしてるんだから、いやらしい気持ちにもなるよ」

「ふふ、そうだね。あたしもドキドキしてる」

彩夏も興奮しているのか、ほんの少し顔が赤くなっていた。

俺自身も昂ぶってきていて、そのまま彩夏の下着をずらそうとする。

けれど、それは彼女の手で止められてしまった。

「えっ、ここでストップは酷いんじゃないか？」

「違うよ、今日はその……あたしにさせてほしいの！」

彩夏は少し恥ずかしそうな表情をしながら言う。

彼女がこんなことを言いだすのは、珍しいことだ。

割と何事にも積極的な彼女だけれど、セックスのときはだいたい俺がリードしているのに。

「分かった。じゃあ任せる」

けれど、せっかくの申し出なので受けることにする。

彩夏にしてもらえるのが、純粋に楽しみでもあった。

「じゃ、じゃあ……うん、させてもらおうかな」

俺がベッドへ横になると、彩夏が少しモゾモゾしながら跨《また》がってくる。

そして、ズボンを脱がし肉棒を取り出した。

「あっ、もうこんなになってる」

「彩夏とのキスのおかげだよ」

俺のものは八割がた勃起していて、いつでも挿入できる状態だった。

彩夏は少し驚いた顔をしたけれど、肉棒自体は見慣れているからすぐ落ち着きを取り戻した。

そして、少し急いでいるのか下着を片足に引っかけるように脱ぐ。

それから露《あらわ》にした秘部を肉棒へ擦りつけた。

「んっ、あっ……はぁっ、んっ♥　すっごく熱いよ、これ♥」

彼女も結構興奮しているからか、秘部は愛液で濡れている。

肉棒へ愛液がまとわりついてくるような感覚に、俺も体が熱くなってきた。

「はぁっ……はぁっ……あんっ♥　ふぅ、入れちゃうね♥」

一旦腰を上げると、そのまま下ろして一気に肉棒を咥え込む。

「んんっ♥　あっ、はぁっ！　はぁっ、ふぅっ……はぁっ、熱いよぉ……♥」

挿入した瞬間、彩夏はぶるっと体を震わせた。

膣内はよく濡れていて抵抗なく奥まで挿入されている。

それと同時に、体の震えが膣内まで伝わってきて甘い刺激を感じた。

「俺も彩夏の中、すごくあったかくて気持ちいいよ」

「えへへ、そう？　じゃあ一緒だね♪」

嬉しそうに表情を崩す彩夏。

この可愛らしい笑顔が一目惚れの切っ掛けだった。

「はぅ……んっ、はぁっ……あっ……んんっ♥」

そんなことを考えている内に、彩夏が腰を動かし始める。

最初は控えめに、中に入っている肉棒の様子を確かめるように。

「あぅ、はぁっ……お腹の中、広げられちゃってるよぉ……んんっ、あっ……はうっ♥」

腰が動くたびに彩夏の大きな胸が揺れる。

それを見上げていた俺は、自然と手を胸元へ伸ばしてしまう。

「ひゃっ⁉　ん、ちょっと……あんっ♥」

手のひらを大きく広げ巨乳を鷲掴みにする。

その刺激で彩夏が僅かに眉をひそめた。

痛みを感じているのではなく、予想外の刺激に驚いてしまったらしい。

「さ、触るなら言ってくれないと……いきなりだと驚いちゃうから」

「ごめん、でもつい手を伸ばしちゃってさ」

「もう、健吾のエッチ……」

少しだけ頬を膨らませながらも、胸元の手を払いのけるようなことはなしない。

そのまま腰の動きを続け、少しずつ激しくしていく。

「んっ、あっ……あんっ♥　はぁっ、はぁっ……気持ちいいっ♥」

俺の腰に跨ってリズムよく腰を振る彩夏。

長い黒髪が揺れているのも綺麗で、やっていることのエロさとギャップがあっていい。

「はっ、んんっ♥　あ、あんっ、はぁっ……あぅ、んぅぅっ……あぁぁっ♥」

口から漏れ出る喘ぎ声もだんだん大きくなってくる。

その淫らな姿を見ていると、こっちも滾《たぎ》ってくる。

「彩夏、俺も気持ちいいよ。そんなにエロい姿見せられたら、もっと興奮する！」

「あんっ、あっ……もっと気持ちよくなって♥　あたし、健吾と一緒に気持ちよくなりたいっ♥」

膣内がキュッと締めつけてくる。

彼女の気持ちが現れているような気がして、つい嬉しくなってしまった。

「ひゃんっ⁉　あっ、んっ、あぁっ……んんっ♥　下からっ……おちんちん、気持ちいいっ♥」

彩夏の腰振りに合わせて俺も下から突き上げる。

一瞬声を漏らしたものの、すぐその動きに合わせてきた。

「ああ、俺も気持ちいいよ彩夏！」

声をかけながら突き上げる勢いを強くしていく。

それと同時に、手を動かして彩夏の服をはだけさせた。

「ん、やっ！　おっぱいまで……あっ、んんっ、はぁっ♥」

露になった生の乳房を下から揉みしだく。

「ひゃっ、あうっ……あぁっ、ひんっ♥　おっぱい、ダメッ……先っぽまでぇっ♥」

「乳首もこんなに硬くなってるぞ。あぁ、すごくエロい！」

肉棒を包む膣ヒダも、愛撫されて硬くなっている乳首も、どちらも俺とのセックスで興奮したものだ。

それだけ彩夏の気持ちが俺に向いていると思うと嬉しくなる。

感情の昂ぶりがそのまま肉体に移っていって、腰の奥から熱いものが湧き上がってくるのを感じた。

「彩夏、もうイクぞっ！　我慢出来ないっ！」

「あぁっ、う、んぅっ♥　イクッ、あたしもイクからぁっ♥　一緒にイこっ♥　来てっ、来てっ♥」

興奮しきった表情で求めてくる彩夏。

彼女の言葉に射精を堪える枷を外されてしまう。

「イクッ♥　イクイクッ♥　ああああぁぁっ♥　イックウウゥゥウゥウッッ～～～～♥♥」

「くっ！」

突き抜けるような快感が体を襲い、そのまま中に射精する。

ドクドクと精液が噴きあがり、彩夏の中を犯していった。

「ひゅっ、あうぅぅぅぅっ♥♥　んぐっ、はぁっ♥　ふっ、うぅぅ……はぁっ……♥」

絶頂の快感で、しばらく体をビクビクと震わせる。

膣内も合わせて震えながら、最後まで精液を絞りだそうとしてきた。

「ふぅ、はぁっ……彩夏、大丈夫か？」

声をかけると、彼女は息を荒くしたまま俺のほうへ倒れてくる。

「おっと」

なんとか上手く受け止めると、そのまま手を回して抱き着いてきた。

「はぁっ……ふぅ……はぁ……健吾、大好き……♥」

「俺もだよ」

「ふふっ……ちゅ♥」

俺の返答に満足したのか、笑顔になって頬にキスしてくる。

「はぁぁ……」

体の力を抜いてリラックスしながら息を吐く。

兄妹と恋人という二足の草鞋を履く生活は、なかなか大変だ。

けれど、辛いとは思わない。毎日、傍《そば》に彩夏がいてくれるから。

そう考えると、お互いの両親が再婚したのはある意味最高だ。

義兄妹という、唯一にして最大の問題さえどうにか出来れば。

「……まぁ、今から親父たちに告白するわけにもいかないし、難しいけど」

それにしても、本当にあのときは驚いた。

再婚相手に同じ年の連れ子がいると聞いてドキドキしながら向かったら、出てきたのが彩夏だったんだから。

そのときのこいつといったら酷い狼狽っぷりで、あの顔は一生忘れないだろう。

俺は彩夏のぬくもりを感じながら、久しぶりにあの日のことを思い出してみることにするのだった。

第一章　恋人から兄妹へ

ある日の放課後、校舎裏で。

俺は勇気を振り絞って一世一代の告白を行った。

「宇賀神《うがじん》彩夏さん、俺と付き合ってください！」

告白の相手はクラスメイトの宇賀神彩夏。

一年前から一目惚れしてから、コツコツ準備を進めながら告白の機会をうかがっていた。

そして、三年生でもクラスメイトになり、話しかけての感触も悪くなかった。

ここでダメならこれ以降、どこで告白してもダメだろうと思い、決行したんだ。

「えっと、あたしと恋人になりたいってことで、いいんだよね？」

彩夏は少し緊張した様子でそう返してきた。

俺が思ったよりは、驚いていないようだ。

「そうだ。そういう意味での告白だ」

「そっか……」

彼女は目を瞑って数秒考えた後、俺のことを見る。そして……。

「うん、いいよ！　じゃああたしたち、今から恋人ね！」

パッといつもの明るい笑みを浮かべ、そう答えてくれたのだった。

◆　◆

「緊張したなぁ……人生で一番緊張した」

「もう、健吾ったらこの一週間ずっとそう言ってるよ？」

告白から数日後、俺は彩夏と並んで帰路についていた。

「必死だったんだよ。まあでも、意外と驚いてなかったな」

それが少し意外だった。

普段の彩夏の様子を見ていると、もう少し驚いてもよさそうなものだけれど。

すると、彼女はクスッと笑った。

「だって、なんとなく分かってたから。少し前からさ、この人あたしに好意があるんじゃないかなーって」

「えっ⁉　バ、バレてたのか……」

思わず立ち止まってしまう。

そう聞いたことで、質問した俺のほうがショックを受けてしまった。

「えー、もしかして、あたしそんなに鈍いと思われてた？」

「そんなことはないよ。ただ、慎重にやったつもりだったから」

「案外分かるもんだよね。女の勘ってやつかな」

そんなことを言いつつも、彩夏は楽しそうだ。

その表情を見ていると、本当に彼女と恋人になったんだなっていう実感が湧いてくる。

「うむ……まあ、今はそんなことより週末の予定だ」

「あ、そうだね！　先週は雨で出かけられなかったし」

恋人になってすぐに、まずは初デートに出かけようと話していた。

しかし、あいにくの雨で延期していたのだ。

「駅の向こうに美味しいピザ屋さんが出来たんだって。お昼はそこにしない？」

「じゃあ、そうしようか。俺も興味あるし」

「やった♪」

こうしてデートの予定を立てたりしながら、10分ほど歩いていると交差点に着いた。

名残惜しく思いながらも、それぞれの帰り道へ別れる。

「じゃあ、また後で連絡するね！」

「ああ、じゃあな」

普段より足取り軽く家へ帰る。

うちはふたり暮らしだけれど、一軒家だ。

土地は祖父が持っていたらしく、俺が生まれたのを機に親父が建てたらしい。

ほとんど物置になっている部屋もあるし、正直持て余し気味だった。

夜、夕食の時間になるとふたりきりの家族が食卓で向き合う。

家事も協力するのが当たり前な環境だったので、俺はそこそこ料理も出来る。

今日の献立は炒飯と餃子の中華セットだ。

黙々と食事を続けていると、ふと親父が口を開く。

「そういえば、健吾」

「んぐ……なに？」

「実はな。父さん、再婚するつもりなんだ」

「……再婚？　再婚って……結婚するの⁉」

一瞬何を言われたか理解できなかった。

数秒かけてようやく言葉の意味を理解すると、今度は驚愕する。

なにしろ、親父の口から再婚なんて話を聞いたのはこれが初めてのことだ。

しかも、口ぶりからすると既に相手がいるらしい。

「まさか、いつの間に……」

しい。


「相手とは仕事先で知り合ってな」

俺が驚いている間も親父の話は続いていく。

どうやら仕事で知り合い、家庭のことで相談にのっている間に、交流を深めていったらしい。

「家庭の話って……まさか不倫じゃないよな？」

「そんな訳あるか。美穂さんのところは、うちと同じ片親家庭なんだよ」

「なるほど……って、子供がいるのか」

そうなると、再婚したら俺に兄弟が出来ることになる。

「ああ、健吾と同じくらいの女の子って言ってたな。子供のことは、お互い遠慮してて詳しく話してないんだ。すまん」

「気にしなくていいよ。お互い連れ子がいるとなると、いろいろ難しいだろうし」

これまでも片親家庭ということで苦労することはあった。

それを知っているからこそ、無暗に突っ込めないこともある。

「それで、ここからが本題なんだが……」

親父は真面目な表情で俺を見つめる。

「週末、お互いに顔を合わせて食事をしようって話になってるんだ。そこに健吾にも、来てほしいんだが……」

「週末？　それは……」

「すまん、予定が入ってたか？」

バリバリに入っている。ようやく出来た恋人との初デートだ。

普通なら迷わず親父の約束を蹴っているけれど、事が事なんだよな。

でも、これからの人生を決めるかもしれない面会となれば、軽い気持ちでは断れない。

「うぅん……いや、でも予定を開けるよ。向こうも忙しいだろうし」

「本当か？　健吾には苦労をかけて悪いな」

「俺にも関わることだからね」

俺は自分を納得させるように意識しながら言う。

こうして、俺の初デートはまた流れてしまうのだった。

◆　◆

週末、俺は親父に連れられて繁華街のレストランに来ていた。

レストランといっても堅苦しいところではない。

以前にも何度か利用したことがある店だ。

しかし今日は贅沢にも、個室を取っているらしい。

そっちは初めてなので、それもあって少しだけ緊張していた。

「親父、相手はどんな人なんだ？」

「よく気が利いて、優しい人だよ。健吾も話してみれば分かるさ」

「そうか」

俺も親父もよく喋るほうじゃない。

外でも、家族相手でもそうだ。

そういうところは親子だな、なんてたまに思ったりする。

親父に言わせれば、俺が何事も慎重なのは母さん似らしい。

思い返せば、母さんにもそんなところがあったかもしれないな。

ただ、生憎と最後に母さんを見たのが小さな頃なので、細かい部分の記憶が曖昧になっている。

「そうか、新しい母親か……」

これまであまり考えたことがなかった。

親父も今まで再婚については、それを匂わせたこともなかったし。

そろそろ、そういうこともあると、受け入れる時期だなのかもしれない。

加えて、もう一つ考えることがある。彩夏のことだ。

今日親父に付き合うにあたって、デートの予定を潰してしまった。

当然、彩夏には怒られると思いつつ連絡したんだが、あっさり受け入れてくれたのだ。

俺はもちろん、あいつもかなり楽しみにしていた様子だから、事情を話しても多少渋ると思っていたんだが……。

「……まあ、それについては後で考えればいいか」

「大丈夫か？　なんだか考え込んだ顔をして」

「ああ、うん。大丈夫」

「ならいいんだが」

個室に入ってしばらく待つと、相手方のふたりがやってきた。

これから家族になるだろう相手とはいえ、失礼があってはいけない。

第一印象は大事にしたいしな。

「失礼します」

最初に入ってきたのは短い黒髪の女性だった。

穏やかな声音で表情も柔らかい。

親父の言った通り、優しそうな人だった。

そして、続いて入ってくるのが彼女の娘のはずだが……。

「ッ⁉　な、なんっ……」

その顔を見た途端、あまりの驚愕に驚きの声さえ中途半端になってしまう。

だが、この場合はそれが幸いしたかもしれない。
なぜなら、その連れ子が先週告白したばかりの相手、宇賀神彩夏だったからだ。
「えっ⁉　ちょ、けん……んんっ！」
彩夏も驚くあまり俺の名前を出してしまいそうになり、慌てて口を結んだ。
俺は椅子に座ったまま、彩夏は扉の前で、互いに動けなくなり見つめ合う。
(どうしてお前がここにいるんだ、彩夏！)
(なんで健吾がそこに座ってるのよ！)
言葉にしなくとも、お互いの言いたいことが理解できた。
それほど今の状況が予想外で、ある意味最悪だからだ。
親父と彩夏の母親が再婚すれば、俺たちは兄妹になってしまう。
血のつながりはないとはいえ、兄妹で恋人なんて、普通はあり得ない。
いったいどうするべきかと考えていると、母が娘に声をかける。
「どうしたの、そんなところで固まっちゃって？」
「え、だ、だって……その……」
いつもはきはきとしている彩夏には珍しく、言いよどむ。
助け船を出すべきだが、俺もどう説明するのがベストか判断出来ていない。
そんなとき、ハッとした顔になった彩夏が言葉を続ける。

「じ、実は私と彼、学校でクラスメイトなの！　ねっ、健吾君！」

「え？　あ、ああ。そうだな……じゃない、そうなんです。宇賀神とは、同じクラスなので……」

とっさに彩夏の判断に乗っかる。

クラスメイトなのは事実だし、顔を合わせて驚いても不思議じゃないはずだ。

(助かった……)

俺は親父に言われた通り慎重な性格で、告白にも一年かけたくらい。

だが逆に、こういった咄嗟の判断が苦手な面がある。

いざというときの決断力のある彩夏が、羨ましい。

「まあ、クラスメイトだったの!?　どうしましょう……」

「それは初耳だな。同年代というし、もしかしたら同じ学校かもしれないとは思っていたが……」

どうやら親父たちにとっても、予想外だったようだ。

「……とりあえず、座って話をしませんか？」

俺が声をかけたことで、まずは落ち着こうということになった。

四人でテーブルを囲んだところで、それぞれ自己紹介する。

彩夏のお母さんは美穂さんというらしい。

少し話して分かったけれど、親父の言う通り悪い人ではないようだ。

というか、彩夏のお母さんなのだから、しっかりしているのは明らかだ。

ただ、やはりというか、少し俺に気を遣っているように思える。

親父も彩夏に対しては少し距離を置き気味だし、初対面の相手だから様子を見ているんだろう。

大人でもこういうときは緊張するんだな、なんて暢気《のんき》に思ってしまった。

そうこうしているうちに、食事がやってくる。

食事中もお互いのことなどを少しずつ話し、ゆっくりと時間が過ぎていった。

やがてデザートも食べ終わったところで、親父が声をかけてくる。

「健吾、俺たちは少し外を歩いてくる。お前たちも、ふたりで少し話し合ってみないか？」

どうやら子供同士で話をさせようとしているらしい。

「分かった。宇賀神さん……じゃなかった、彩夏さんもそれでいい？」

「う、うん。あたしも話したいことあるし」

という訳で、俺たちはようやくふたりきりになれた。

親父たちが出ていき、残された部屋の中で顔を合わせる。

そして、どちらともなくため息を吐いた。

「まさか、だよな」

「だよねー。何と言えばいいやら……」

ただ、このまま落ち込んでいる訳にはいかない。

なんとかしなければ。

「まず聞くけど、彩夏は再婚に賛成なのか？」

「そりゃそうだよ。ちょっと複雑な気持ちもあるけど、一生再婚しないでほしいとは思ってなかったし」

「そうか、その点は俺も同じだ」

新しい父親、新しい母親というものに困惑する気持ちは実感している。けれど、実の親との別れからそれなりに時間が経って、割り切りも出来ているのも事実だ。

というか、俺の親父も彩夏のお母さんも、それが分かっているからこそだろう。

「再婚は問題ないとして、俺たちの関係だよな」

「まさか、今からはママたちに私たち恋人なんです、っていう訳にもいかないしね」

そんなことを言えば、親父たちも困るだろう。

まさか、これから兄妹になる子供たちが恋人だったなんて。

「……誤魔化すしかないな」

「そうだね。ママたちも、あたしたちも、お互い別れたくないんだし」

俺の言葉に彩夏も頷く。

こうして、俺たちは両親に隠れて恋人関係を続けることになるのだった。

◆　◆

それから少し時間が経ち、親父と美穂さんが結婚した。

彼女たちが俺の家へ引っ越し、四人生活が始まる。

「彩夏、健吾くん、忘れ物は？」

「ないない、大丈夫だって！　行ってきます！」

「ありがとうございます、大丈夫です。行ってきます」

朝、美穂さんに見送られてふたりで家を出る。

通学は、特に気負うことなくリラックスして過ごせる貴重な時間だ。

兄弟でわざわざ時間をずらして登校するのも、変に意識している気がして不自然だし。

「健吾の家って大きいね。あたしの新しい部屋、前の二倍くらいあるもん」

「それは誇張しすぎだろ。物が増えれば落ち着くと思う」

「そういうものかな。で、学校ではどうしよっか？」

「自然で大丈夫だろう。幸い、クラスメイトにも恋人になったとか話してないし」

「何か聞かれても、兄妹だから遠慮する必要なくなったんだよね、みたいな？　大丈夫かなぁ……」

少し不安そうな表情の彩夏。

反対に俺は楽観視していた。

初めは驚かれるだろうし、兄妹ネタとかでからかわれることもあるかもしれないが、大事にはならないだろうと。

俺たちが片親家庭だと知ってるクラスメイトは、元からそこそこいる。

わざわざ他人の家庭環境に関わることなんて、怖くて首を突っ込んではこないだろう。

そして、その予想はだいたい当たっていた。

「えっ、彩夏ちゃん、鮎川と兄妹になったの⁉」

「あはは、うん。あたしもこれからは鮎川なんだよね」

「へぇぇ……おめでとう、って言っていいのかな？」

「友達の私たちからすると、なんだか奇妙な感覚だよねー」

教室に着いてから、すぐに彩夏のほうに人だかりが出来ていた。

彼女はフレンドリーでコミュ力も高いし、友人も多いからな。

一方、俺のほうへはいつもつるんでいる男子がふたりほど。

人望というか、交友関係の差が如実に表れているな。

「おい鮎川、お前宇賀神さんと兄妹になったって、マジなのかよ」

「そうだ。お前も、俺たちがそれぞれ片親家庭なのは知ってただろ？」

「そりゃまあ……。でもまさか、お前たちが切っ掛けで？」

「それが、まったくの偶然らしい。仕事先で出会ったんだとさ」

「信じられないな」

「事実は小説より奇なり、って言うだろう？　俺もまだ信じられないけど、今日はふたりで登校してきたよ」

話していると、友人たちも何とも言えない表情になっていた。

やはりクラスメイト同士が再婚で兄妹になるんて、完全に想定外でどう反応していいか分からないらしい。

この反応なら、大騒ぎになることはなさそうだと安心する。

そんなとき、友人のひとりが思いついたように話しかけてきた。

「兄妹になるってことは、家では風呂トイレも共用だろ？」

「そりゃそうだよ」

「……じゃあ、ふろ上がりの彼女とバッタリ出会う可能性とかもある訳だ」

「うっ……そ、そうかもな」

言われて初めてその可能性に思い至り、緊張してしまった。

「風呂だけじゃないぜ。部屋着とかパジャマ姿とか、普段学校では見られない姿ばかりだ」

「宇賀神、じゃなくて今は向こうも鮎川か。彼女、スタイルいいもんな。義兄になった役得じゃないか？」

もうひとりも加わって、そんなことを言いからかってくる。

「結婚とか引っ越しとか、バタバタ続きでまったく考えてなかった……どうしようか」

まあ家族になったのだから、無防備な姿を見られても倫理上は問題ないのだが。

恋人である俺にとっては地獄のような日々が来るかもしれない。

そのことにようやく気付いた俺は頭を抱える。

「本当にどうすればいいんだ？」

「知らん」

「バレないように上手く処理しろよ」

「薄情者どもめ……」

こうして学校に通う上での不安は一つ解消したが、新しい問題が発覚してしまった。

どうしようか悩みつつ、その日は帰路につくことになるのだった。

下校のときはひとりだ。どうも彩夏は友達と寄り道してくるらしい。

「ただいま」

家に帰ると、まず台所に向かいお茶を一杯飲もうとする。

「あら、お帰りなさい」

「え、ああ……た、ただいま」

台所に入ると丁度、美穂さんが夕食の準備をしていた。

そうか、もう親父とふたり暮らしじゃないから平日に家で出迎えてくれる人がいるのか。

「ごめんなさい、驚かせちゃった？」

「いや、まだ慣れてないだけで」

「そうね、私も台所とか、おっかなびっくり使ってるわ」

美穂さんはそう言いながら苦笑すると冷蔵庫を開ける。

「お茶だったかしら？」

「ええ、はい。……なんで知ってるんですか？」

「宗一さんが、たまに健吾くんのこと話してたから」

「なるほど。ありがとうございます」

お茶を貰うと、彼女が笑みを浮かべた。

「お礼なんていいのよ。まだ慣れないかもしれないけれど、家族なんだから遠慮しないで」

それから俺は自分の部屋に戻ると、ベッドに倒れ込んで力を抜く。

「本当にここで、彩夏たちが暮らし始めるんだなぁ……」

改めて実感したような気がする。

ベッドで気を抜いていると、ふと意識が落ちてしまった。

慌てて起き上がり、スマホで時間を確認する。

「しまった、寝落ちしてたか」

二時間ほど経ってしまっていた。そろそろ夕食の時間だ。

下に降りると親父や彩夏も揃っていて、そのまま四人で食べることに。

まだ少しぎこちない雰囲気があるけれど、嫌な感じはしない食卓だった。

食器の片づけをしようとしたけれど、美穂さんに、自分がやるから大丈夫と断られてしまった。

ということで、彩夏と一緒に二階の部屋へ戻ることに。

その途中、向こうから話しかけられる。

「ねえ健吾。よかったら、健吾の部屋に行ってみてもいい？」

「別にいいけど、親父たちにバレないかな」

「ちょっと興味があるから見てみたいだけだよ！　別におかしくないでしょ？」

「そういうものか……」

確かに、俺の考えすぎかもしれないな。

彩夏は俺の部屋に入ると、興味深そうにあたりを見渡す。

「へぇ、ここが健吾の部屋か……」

「別に面白くもないだろう？　そんなに物もないし」

「確かに。でもほら、男の子の部屋に来るのって初めてだからドキドキするな」

そんなことを言いつつあちこち見て回る。

俺は椅子に座りながらその様子を眺めていた。

「うわ、クローゼットの中まできちんとしてる。もっと散らかってるイメージだったけどなぁ」

「ご期待に添えず申し訳ない」

「なんか丁寧に言われると、イラっとしちゃうんだけど！」

「ごめんごめん」

「むぅ……まあいいか」

そこで彩夏は探索を切り上げてこちらに来る。

部屋には椅子が一つしかないので、自然とベッドへ腰掛けることになった。

「満足したか？」

「まあ、一通りは。また来たくなったらすぐ来れるし」

「そうだな。そういう点では親父たちが再婚してくれて良かった」

恋人になって即同棲しているカップルなんて、この歳ではそうそういないだろう。

「ね、健吾もこっちに来てよ」

「えっ？　わ、分かった……」

急に言われて少し驚いたものの、言われた通り隣へ腰掛ける。

けれど、腰掛けてから気づいた。距離が近い。

ほとんど体がくっつくくらいだ。

今まで彩夏に、これほど近づいたことはなかった気がする。

「………」

急に体が緊張しだして無言になってしまう。

「どうしたの、急に黙って」

一方の彩夏は俺の変化に気づいていないようだ。

だからか、リラックスして無防備になっている。

ベッドに手をついて足をフラフラさせて、なんとも気楽な感じだ。

割と陽気な雰囲気の彩夏だけれど、外ではこれほど無防備にならない。

母親の、美穂さんの教育がしっかりしているからかも。

ともかく、今の彩夏は今までに見たことがないくらい、俺の脳みそのピンク色の部分を刺激していた。

「いや、その……」

言いよどんだところで、何か迷う必要があるのか？　とも思う。

もう恋人なんだから、体を寄せるなり手を繋ぐなり、キスだってしても不思議じゃない。

むしろ最近は恋人だとバレないように気を遣っていた分、そういった欲望が強くなっている。

「……健吾、どうしたの？」

無意識に彩夏の体を上から下まで見てしまう。

腰まであるストレートの黒髪にパッチリした目元。

肌はシルクみたいに白くて触り心地がよさそうだ。

そして、まだ着替えていない制服の胸元は、大きく盛り上がっている。

かなりの巨乳というか、クラスで一番のおっぱいだ。

その上、腰回りはキュッと引き締まっていて下半身の肉付きもいい。

グラビアアイドルも顔負けのスタイルだった。

彩夏のこの体が、今は恋人である俺だけのもの。

そんなことを考えてしまうと、自然と下半身に血が集まってしまう。

「……ごくっ」

湧き出てきた唾を飲み込むと、手に汗をかいていることに気づいた。

もしここでキスしたいと言ったら、彩夏は受け入れてくれるだろうか？

受け入れてくれると信じたいけれど、頭に中にあるいつもの慎重な部分が、早まるなとストップをかけてくる。

「ねえ、健吾！」

「うぉっ⁉」

しかし、反応のない俺を怪しんでか彩夏が顔を覗き込んできた。

近い。顔がすごく近い。

少し頭を前に出せば、キス出来てしまうほどに。

「なんだか様子がおかしいよ？」

「ごめん。ちょっと、その……ドキドキしてて……」

「そ、そうなんだ……健吾もそんなふうになるんだね」

俺の言葉を聞いて、彼女も少し顔を赤くする。

顔が近いから、表情の変化もよく分る。

そして、恥ずかしがったのか彩夏が顔を伏せて……。

「あっ」

「な、なんだ？」

「こ、これ……健吾のここ、おっきくなってる……」

「ッ⁉」

彩夏の視線の先には、興奮でズボンが盛り上がった股間がある。

ヤバい。近くに座って話してただけで興奮した、なんてことがバレてしまった。

「これは、なんというかだな……」

「健吾、エッチな気分になってたんだ……そっか……」

背中に氷の柱を突っ込まれたような気分になる。

もしかして、性欲まみれの変態だと思われて嫌われてしまったか？

しかし、彩夏は顔を上げて俺と目を合わせる。

彼女の顔もさっきより赤く、どことなく吐き出す息も熱っぽくなっているような気がした。

「ママたちや学校のことで忙しくて、ずっとふたりきりになれなかったもんね」

「さ、彩夏？」

彼女の手が俺の股間に伸びてくる。

とっさにどうすべきか分からず、俺は動けなかった。

「触ってみてもいい？」

少しだけ迷った様子で聞いてくる彩夏。

気になって動いてしまったけれど、このまま続けていいのか分からず止まってしまったらしい。

ここで止めれば、一時《いっとき》の気の迷いということで済ませられるだろう。

親父たちにもバレる心配はない。

けれど、これまでの日々の中で浮かんできた、彩夏と恋人らしいことをしたいという気持ちは強かった。

「……ああ、いいよ」

結局俺は頷いてしまった。

もっと彩夏と触れ合いたいという欲求を抑えられなかったからだ。

そして、彩夏も俺の言葉を聞いて、どことなく安心した顔をする。

「じゃ、触るね」

ズボンの上から彼女の手が触れる。

鈍い感触だけれど、彩夏の手だと思うと自然と心臓の鼓動が速まった。

「うわっ、硬いね！　男の子のって、こんなふうになっちゃうんだ……」

予想以上だったのか、驚いている。

けれど手を離すことはなく、そのまま感触を確かめていく。

膨らんだ山の部分に合わせるように手を動かした。

「これ、おちんちんに血が集まってるんだよね。痛くないの？」

「それ自体は痛くないんだよ。ただ、強く押さえつけられると痛いかも」

興奮しすぎないように、呼吸を落ち着けながら答える。

「じゃあ、早く楽にしてあげないと！」

そう言うと彩夏はズボンのチャックを下ろす。

すると、勃起していた肉棒が解放され立ち上がる。

「わっ⁉」

「あっ、ごめん！」

「ううん、大丈夫。でも、これが……」

目の前に出てきた肉棒をまじまじと見る。

あまり見つめられると恥ずかしくなりそうだ。

「彩夏」

「ひゃっ⁉　なに、どうしたの？」

「いや、そんなに見られると男でも恥ずかしいと言うか……」

「あ、ごめんね！」

彼女は慌てて視線を逸らす。

ただ、まだチラチラと見ているあたり興味は強いようだ。

「彩夏はこういうのを見ても拒否感とかないんだ」

「面白そうって感覚のほうが強いかな。うち、家族は女だけだったし、パパとお風呂に入ったこともなかったから」

話しかけると彼女も少し落ち着いて返答してくる。

パパというのは、きっと亡くなった実父のことだろう。

うちの親父のことはお父さんと呼んでるし。

「健吾のほうは男ふたりだったけど、女の子の体に興味あったりする？」

「そりゃ、男だから興味はあるけど……それが普通だと思うぞ」

「ふふっ、それもそっか。思春期の男の子ってみんなすごいエッチらしいし」

「そんな煩悩の塊みたいな……」

「実際、健吾はあたしでこんなにガチガチにしちゃってるじゃん？」

「うっ……」

俺が言葉に詰まってしまうと、それを見た彩夏はおかしそうに笑う。

「あはは、ごめんね！　つい面白くて」

「いや、別にいいけど」

怒ってはいないが、モヤモヤしてしまう。

彩夏とこんなふうにコミュニケーションを取れてるのは嬉しいけれど。

「もう、拗ねないでよ……」

そんな俺を見て彩夏が少し困った顔をした。

そして、また手を動かすと肉棒を軽く握りしめる。

「おちんちん硬くしちゃった責任取るから、機嫌を直して？」

「彩夏……うっ！」

肉棒を握ったままの手が動く。

ゆっくり上下に、感触を確かめるように。

「おちんちん、すごく熱いね。興奮してるからかな？」

「あ、ああ……かもな」

俺は彩夏の積極性に少し動揺していた。

確かに彼女はポジティブな性格で、行動力もある。

けれど、性行為に関してまで、こんなに積極的だとは思わなかった。

「結構大胆にするんだな」

「少し緊張してる部分はあるけど、大切に扱えば大丈夫なはずだもん」

そう言った後、僅かに間を置いて続ける。

「だって、その……エッチのときなんか、結構激しくしたりするんでしょ？」

見ると彩夏の顔が少し赤くなっていた。

自分で言っていて恥ずかしくなってしまったらしい。

その様子を見て少し安心してしまった。

想像以上に思い切りよく見えた彼女だけど、羞恥心はしっかりあるようだ。

「それはセックスする当人たちによるんじゃないかな」

「そりゃそうだけど……とにかく、雑に扱わなければ大丈夫だと思ったってこと！」

「彩夏の言い分は分かったよ。……あ、それ……くっ！」

話している最中、股間に甘い刺激が走った。

彩夏の握力が少し強まり、快感が大きくなったからだ。

「もうちょっと強くしたほうが気持ちいいの？」

その問いに頷くと彼女はニコリと笑った。

「そうなんだ、じゃあもっとしてあげる♪」

片手で肉棒を押さえるようにしながら、もう片手でしごき始める彩夏。

シコシコとリズミカルに手を上下に動かす。

その気持ちよさに肉棒も反応してしまった。

「あ、ビクビクしてる。本当に気持ちいいんだ」

それを目の当たりにしてか、彼女の動きはより大胆になった。

時々指先で亀頭のあたりへ触れたり、積極的に刺激を与えようとしてくる。

「こんな感じでどう？」

「ああ、すごくいいよ」

単純な気持ちよさもそうだし、何より彩夏にしてもらっているから興奮した。

こんなエロいことをするのは、もっとデートしたり距離を縮めてからだと思っていたけれど。

家族になってしまったから、ある意味どんな恋人より近い場所にいる。

彩夏がこんなに大胆なのも、それが無関係とは言えないだろう。

そして、大胆になっているのは俺も同じだった。

興奮して鈍った頭より、本能が口を動かしてしまう。

「なあ、彩夏」

「ん、どうしたの？」

「手でしてもらうのは気持ちいいんだけど、その……口でもやってみてもらえないかな」

「えっ⁉」

予想外の言葉だったようで、固まっている。

無理もない。初めてなのに、手コキの最中にフェラチオのお願いをしてるんだから。

「く、口で……」

彩夏は視線を動かして動揺する様子を見せた。

流石に言いすぎだっただろうか、と今さら後悔しはじめてしまう。

「ごめん、ちょっと調子に乗ってた。忘れて」

「ううん、いいの。してほしかったんだよね？」

「そうだけど、流石に……」

「さっき言ったでしょ？　気持ちよくしてあげるって」

俺が躊躇しているのと反対に、彩夏は前向きだった。

「おちんちん舐めるなんて初めて。どうすればいいかな？」

「……本当にいいのか？」

思わず聞いてしまうと彼女は軽く首をかしげる。

「今は恋人でしょ？　それとも、お兄ちゃんって呼んだほうがいい？」

「それは勘弁してくれ」

流石にお兄ちゃんと呼ばれながらフェラしてもらうのは倒錯的すぎる。

まだ肉親としても馴染んでいないのに、変な性癖がついてしまいそうだ。

「ふふっ、じゃあしちゃうね♪」

俺の反応を楽しんでいる様子の彩夏。

彼女は両手で肉棒を支えると顔を近づける。

そして、舌を出してキャンディーを舐めるように触れた。

「んっ……れろ、ちゅ……」

熱くてザラッとした感触を味わう。

思わず背筋がゾクゾクとしてしまった。

「だ、大丈夫か？」

「うん、意外と平気。ちょっと汗っぽいかも？」

思ったより嫌悪感は抱いていないようだ。

恋人に臭いとか言われると、かなり凹むと思うので少しホッとした。

「ちゅ、ちゅ……れろ……ほんと硬いね、おちんちん」

それから彩夏は少しずつ舌を動かし始める。

最初は感覚を確かめるように竿のあたりを何度も舐めた。

「ちゅう、れろ……れろ、れろ……んっ！　またビクビクしてる」

「彩夏の舌、思ってたよりずっと気持ちいいよ」

「ほんと？　じゃあよかった♪」

ニコリと笑みを浮かべる。

いやらしいことをしているのに、その笑顔は可愛らしい。

こんなに可愛い女の子にフェラチオさせるなんて、酷いことをしてるんじゃないかと少し罪悪感を抱くくらいだ。

けれど、その罪悪感も、徐々に強くなっていく快感の前に消えていく。

「れろ、れろれろ……ちゅ、れろぉ……ちゅっ、ちゅるっ♥」

「う、あっ……フェラチオって、すごいんだな……ふぅ……」

思わずそんな言葉が出てしまう。

それくらい、想像以上の気持ちよさだった。

興奮している俺を見て、気をよくした彩夏は勢いを強める。

「ちゅ、ちゅっ……れろぉ……ちゅる、れろれろっ♥」

彩夏の舌が肉棒を根元から舐め上げる。

さっきより動きがエロくなっていた。

感触を探るというより、明確に快感を与えようと舌を動かしている。

「れろ、んっ……ビクビクってしてる、気持ちいいんだ♥」

また彩夏の笑顔が見える。

ただ、今度はその笑顔にどこか艶めかしさを感じた。

妖艶と言えばいいんだろうか？

性的な経験をしたことで、彼女の中で何かが目覚めたのかもしれない。

「れろ、れろれろっ♥　ちゅ、れろ、ちゅぱっ……先っぽも舐めていい？」

俺が頷くと、今度は口ごと動いた。

竿を舐めていた口が今度は先端から覆いかぶさるような形になる。

「ちゅ、れる……ちゅぱっ♥　あむ、れろぉ……じゅるるっ♥」

「くっ⁉　そ、それ……う、ふぅっ……！」

彼女の口と舌が亀頭を舐めまわすようにフェラチオする。

興奮で敏感になっていたので、かなり刺激が強かった。

思わず腰が震えてしまうほどで、呼吸も荒くなってしまう。

「ちゅぷ、れろぉ……今の健吾、すごいエッチだよ♥」

「はぁ……はぁ……彩夏も、今までにないくらいエロい」

「こんなことするの、健吾だけだからね？」

「分かってるよ。だからこそ嬉しいんだ、恋人を独占出来て」

「ッ♥」

彩夏の顔がポッと赤くなる。

興奮している状態でも俺の言葉は響いたらしい。

それが分かって俺もさらに嬉しい気持ちになった。

「んんっ……このまま続けていいよね？」

「ああ、すごくいい。もっとエロくしてくれるか？」

もうさっきのような、遠慮してしまう考えはなかった。

彩夏なら、少しエッチなお願いくらいは聞いてくれそうという気持ちがある。

「ふふっ、いいよ♪　ちゃんと気持ちよくなってくれて嬉しいし……んちゅ、れろ……ちゅるるっ♥」

「う、はぁっ……舌遣い、すごいエロい……」

亀頭を口に含みながら舌を動かす。

ビクビクと震えるグロテスクな肉棒へ、フェラしている姿がとんでもなくエロい。

「れろれろっ……ちゅる、れる、れろぉ……これがいいんだ？　もっとしちゃお♪」

「彩夏っ……！」

彼女の奉仕は刻一刻とエロさを増していく。

特に舌の使い方が大胆になってきた。

ただ舐めるような動きから、肉棒へ巻きつくような複雑な動きになっている。

プルプルな唇の感触と合わせて、とても気持ちいい。

「じゅるる、れろぉ……あれ、先っぽから何か溢《あふ》れてるよ？」

途中、何かに気づいた彩夏が顔を上げる。

肉棒の先端から我慢汁が溢れていた。

「あ、これ知ってる。射精する前に出てくるやつでしょ？」

「気持ちいいと濡れてくるのは、男も女も同じなんだな」

「女の子のはまだ見てないくせに、ふふっ♥」

彩夏はどことなく嬉しそうだ。

目に見える形で俺が興奮している証拠を確認できたからだろうか。

「ね、もっとしてほしい？」

俺は誤魔化すことなく素直にうなずいた。

「じゃ、もっとエッチにしちゃうね♥　恥ずかしいから、あんまり見ないでよ？」

そして、彼女は先ほどよりも大きく口を開けると肉棒を咥える。

「んむっ！　はぁ、んん……じゅる、れろっ♥　あふぅ、んっ……♥」

「うあっ……これ、凄いなっ！」

しっかり咥えられて口の中を感じるのは初めてだ。

彩夏の口内はすごく温かい。それにしっとりしている。

不思議と安心して、リラックスしたまま気持ちよくなってしまう。

それに加えて舌が刺激してくるから、快感も倍増だ。

けれど、彩夏はそこでは止まらない。

「れろ、じゅるぅ……まだまだだよ？　んじゅっ、じゅるじゅるっ！」

「うぉっ⁉　まだ深く咥えるのか……うっ！」

すでに竿の中ほどまで来ていたけれど、まだ奥へ。

根元近くまで一気に咥え込んでしまう。

「んんっ！　はぁ、じゅるっ……れろぉ、じゅずずずずっ♥」

「ぐっ！　こんなに吸いついて……エロいよ彩夏！」

彼女はしっかりと肉棒を咥え込み、吸いつくように刺激してきた。

部屋の中に激しいフェラチオの音が響く。

親が一階にいるということも、スッポリ頭から抜け落ちてしまっていた。

「じゅるるっ、れろぉ……じゅぷっ、れろっ……れろれろっ、んぐっ♥」

彩夏の口の中で肉棒がグズグズに蕩けていくような感覚がする。

気持ちよさが股間から登ってきて、どんどん興奮が強まっていった。

「彩夏の舌が絡みついてくるみたいで、すごい」

「じゅるる、じゅぷっ！　はぁっ、そんなに気持ちいい？　れろ、じゅるっ♥」

「ああ、すごいよ。こんなのは初めてだ！」

大胆な奉仕で快感が強まり、腰の奥から熱いものがこみ上げてくる。

背筋がゾクゾクして、射精欲求がどんどん強くなっていった。

「そろそろ、出そうだ……！」

「んんっ⁉　出そうって……ん、れろっ！　射精しちゃうの？」

彼女の問いかけに頷いて答える。

すると、彩夏も興奮した様子で続けた。

「じゃ、このままあたしのお口に出していいよ♪」

「なっ……ちょっと待て！　あ、ぐっ！」

俺が止める前に彩夏はフェラチオを再開する。

肉棒を奥まで咥え、吸いつきながら激しく舐めた。

「じゅるるっ、じゅるるっ！　じゅる、じゅずずずっ！　じゅぶっ、じゅぶっ！　じゅぶっ、じゅぶっ！」

本気で俺を射精させるためのフェラチオだった。

腰が抜けそうな快感が襲い掛かってくる。

「じゅるっ、れろっ！　じゅるるっ、じゅるるっ！　出していいよっ♥　健吾の精液、全部あたしにちょうだいっ♥」

「あぁ、彩夏！　出すぞっ！」

事《こと》ここに至《いた》っては、我慢するのも無理だった。

俺は肉棒を咥えさせたまま、射精する。

「んんうぅぅっ～～!?」

突き上げるような熱い快感と共に、白濁液が彩夏の口に流し込まれた。

ドクドクと流し込まれる精液に目を丸くし、うめき声を上げる彩夏。

けれど、そのまま放すことなく咥えている。

「んぐっ、あふっ！　ふぁ……んぐっ！　ごくんっ！」

さらには、受け止めた精液を喉を鳴らして飲み込んだ。

「ごくんっ！　ごくんっ！　んぷ、はふっ……ごくっ！　はぁっ……♥」

息継ぎをしながら何度も飲み込み、ようやく口の中を空にする。

そして、肉棒から口を離すと深呼吸した。

「はぁっ……はぁっ……すごい、ドキドキしちゃった♥　健吾の精液、ドロドロで飲みにくかったけど、すごいエッチだった♥」

初めてのフェラチオである上に口内射精されても、彩夏はどこか満足そうだった。

その顔を見て、また興奮が再燃しそうになってしまう。

流石にそれはマズいと思い、なんとか抑えて気持ちを落ち着けた。

「俺もすごく気持ちよかったよ彩夏」

「そう？　じゃあよかったぁ」

安心したようにつぶやく彼女。

その姿を見ていると、以前にも増して強い愛情を感じる。

「ちょっと待ってて。水とかタオルとか、取ってくる」

「え、それくらい自分で……」

「その状態で部屋の外に出る気か？」

「あ……」

フェラチオしていたから当然だが、口周りがひどく汚れている。

特に後半は激しかったから尚更だ。

「大丈夫、すぐ戻ってくる」

ズボンを戻して軽く整えると、部屋を出て下に向かう。

親父たちはリビングでテレビを見ているようだ。

台所へ行くにはリビングを通らないといけないので、気持ちを落ち着けて中に入る。

幸いにも特にこっちを気にしていないらしい。

さっと飲み物を用意して外に出ようとする。

しかし、扉に手をかけたところで親父に呼び止められた。

「なあ健吾」

「ッ！　どうしたの？」

「これから映画でも見ようと思うんだが、お前はどうだ？　彩夏ちゃんも誘ってな」

そう言えば、今日は親父の好きな刑事ものの映画が放送されるんだった。

「いや、俺はいいよ。彩夏……には一応聞いておくけど」

「そうか、分かった」

それ以上引き留められることはなく、さっさとリビングの外に出る。

親父との会話、不自然じゃなかっただろうか？

いや、今さら気にしても仕方ないか。下手に気にしすぎるのも良くない。

そのまま洗面所でタオルも確保して二階へ戻った。

「彩夏、持ってきたぞ」

「ありがと！　ん、しょっ……」

彼女は口周りの汚れをふき取ると、水を持ってトイレへ向かった。

口の中をゆすいでくるんだろう。

精液を嫌がってはいなかったけれど、流石に残ったままなのは不快感があるだろうし。

少しして戻ってきた彩夏はスッキリした表情だった。

「ふぅ……助かったぁ、ありがとね」

「これくらい何でもない」

本当に、彩夏のしてくれたご奉仕に比べれば軽いものだ。

俺はベッドに腰掛けていたが、彼女は当然のように隣へ座る。

「んっ、と。……それで健吾、少しはムラムラも解消された？」

「ああ、おかげさまで。もっとも、彩夏とイチャイチャしたい気持ちはあるけどな」

ようやくふたりきりになれたんだ。

もっと色々して、同じ時間を過ごしたい。

肉体的な接触を経たからか、その気持ちがより強くなっていた。

「あたしもね、健吾ともっとふたりで過ごしたいなって思うよ」

「同じ気持ちか、なら嬉しいな」

「うん」

そっと体を寄せてくる彩夏。

先ほどの激しい行為とは違う優しいふれあい。

けれど、彩夏との時間に飢えていた俺にとっては最高だった。

そっと腰に手を回して彼女の体を支える。

「……実は、親父から一緒に映画を見ないかって言われてるんだが」

「えー。もしかして、ママも一緒？」

「そうだ」

「じゃ、サボっちゃおっか。あっちもふたりきり、こっちもふたりきりで丁度いいし」

「そう思ってるのは俺たちだけだろうが……ま、いいだろう」

誘ってくれた親父には少し悪い気がするが、今日は遠慮させてもらおう。

それから俺と彩夏は、久しぶりにゲットしたふたりきりの時間を存分に楽しむのだった。

◆　◆

彩夏にフェラチオしてもらった翌日。

今日は土曜日で、一緒に暮らすことになってから初めて過ごす週末だ。

そして、俺と彩夏は一緒に近くのスーパーへ買い物に来ていた。

「豚バラ肉と、長ネギと……後なんだっけ？」

「にんにくが切れたから買ってきてだって」

スマホを見ながら言う彩夏。

家にいる美穂さんと連絡を取っているらしい。

「じゃ、それも買っておかないとな」

「ついでにアイスもね！」

「それは自分の小遣いから出してくれよ」

「えー、健吾のケチ」

俺の答えに不満そうな彩夏。

こちらに近づくと小声で文句を言ってくる。

「彼女の小さなお願いくらい、聞いてくれてもいいじゃない」

外では兄妹の体《てい》でいるから小声なんだろう。

「でも、どうせお母さんにレシートを渡すからな。見られて困るのは彩夏じゃないか？」

「うっ……」

家に帰って美穂さんと対面しているところを想像したんだろう。

少し苦い顔になっている。

「どうしてもって言うなら俺から、彩夏が小遣いで買ったと言ってもいいけど」

「そこまでしなくていいよ。健吾に嘘つかせるのも嫌だし」

どうやらアイスを買うのは断念したようだ。

このまま話して未練を抱かせても悪いし、話題を変えることにしよう。

「そういえば、そっちの家では小遣いとかどうしてたんだ？」

「毎月初めに貰うだけだよ。別に普通だと思うけど」

「俺は親父の給料日と同じだから月末なんだよ」

「えっ、じゃああたし、今月のお小遣いもう一回貰えるかな⁉」

急に目を輝かせる彩夏。現金な奴め。

まあでも、気持ちはよく分る。

「親父が帰ってきたら聞いてみるか」

「そうしよ！　実は、前に友達に聞いてから行ってみたいと思ってた喫茶店があってね～」

「へぇ、じゃあ俺も一緒に行っていいか？」

それなら、ちょうどいいデート先になるかもしれない。

彩夏がひとりで行って楽しみたい、というのなら諦めるけれど。

「もちろん！　あ、でも甘い物とかそんなに好きだっけ？」

「嫌いじゃないけど、わざわざ食べに行くことはないな」

「じゃあ初体験だね！　ふふっ、楽しみ♪」

さっきとは一転して機嫌が良さそうだ。

その様子を見ているとこっちも穏やかな気持ちになる。

それから無事買い物を終えた俺たちは家に帰る。

「ただいま～！　夕飯の材料買ってきたよ！」

「あら、ありがとう彩夏」

相変わらず母娘の仲は良さそうだ。

俺も新しい家族として何かと会話したりしているけれど、なかなかあんなふうには出来ない。

その後は帰ってきた親父も一緒に食卓を囲んだ。

こうして四人で食事をするのにも段々なれてきた。

食後はリビングで、テレビを見ながらゆっくりしている。

すると、そこに彩夏がやってきた。

「健吾、ちょっといい？」

「いいぞ」

「じゃ、隣に……」

「ちょっと待て」

チラッと台所のほうを見る。

美穂さんは洗い物をしているから、こっちに注意は向いていない。

こういうところで気を遣わないといけないのが、大変なところだ。

「それで、どうしたんだ？」

「この前は健吾の部屋にお邪魔したけど、今度はあたしの部屋に来てみない？」

「え、いいのか？」

少し予想外の提案だったので驚く。

「もし健吾が来たいなら、だけど」

「もちろん行くよ」

恋人からのお誘いだ、喜んで同行する。

美穂さんはまだこっちを気にしていないようなので、ふたりで二階へ向かう。

そして、彩夏たちが来てからは立ち入っていない部屋へ。

以前は物置として使っていた部屋だ。

親父の話では、俺に弟か妹が出来たら、その子供部屋にするつもりだったそうだ。

当初の予定とは少しズレたけれど、本来の役割を果たしているということか。

「ようこそあたしの部屋へ！」

「お邪魔しますっと……おぉ」

以前にも何度か入ったことのある部屋だったけれど、だいぶ様変わりしていた。

カーテンやカーペットなんかは彩夏らしい暖色になっている。

全体的に温かい雰囲気の部屋だ。

「えっと……どうかな、変じゃない？」

俺は女の子の部屋に入るのは初めてだけれど、彩夏も男を部屋に迎えるのは初めてのはず。

少し緊張しているようだった。

「別に変なところはないと思うけどな」

「そう？　ならよかった！　こっち座って」

テーブルとクッションが二つ。

ふたりでくつろぐのに、ちょうどいいくらいだ。

用意がいいというか、俺が無神経だったかもしれない。

せめてベッド以外でも、ふたりで座れる場所くらい確保しておくべきだった。

なんというか、恋人として浮かれていた感じがして少し恥ずかしい。

「ん、どうしたの？」

「何でもない。ちょっと予定を考えてただけだから」

とりあえず、次の小遣いで彩夏用の椅子を用意しようと考える。

「それにしても、まさか彩夏のほうから部屋に誘われるなんてな」

「まあ、順番だしちょうどいいかと思って。健吾の部屋に入り浸っちゃうのも悪うし……」

「なるほど……俺としては嬉しいけどな」

「もう……」

俺がそう言うと彩夏は苦笑いする。

「あ、そうだ。部屋に呼んだ本題なんだけど、もう宿題終わった？」

「数学のやつか？　終わらせたぞ」

「じゃあ、よかったら手伝ってくれないかな」

「丸写しはヤバいけど、軽く手伝うくらいならいいか」

どうやら宿題のことで俺を呼んだらしい。

安心したような、少し残念なような……。

それから俺は自分の部屋から筆記用具を持ってきて、彩夏の宿題を手伝うことになった。

「ねえ、ここどうなってるの？」

「教科書の36ページだ、ここの部分」

「あ、ここか！　なるほどね」

ノートを広げたテーブルの前に並んで座り、教科書をめくる。

宿題は順調に進み、三十分ほどで無事に片付いた。

「ふぅ、終わった。手伝ってくれてありがと♪」

「これくらいどうってことない」

「飲み物とか持ってくるから、ここで待ってて」

彩夏がそう言って立ち上がろうとする。

その瞬間、足を置いたクッションがズレてバランスを崩してしまった。

「えっ、ひゃっ⁉」

「危ない！」

とっさに手を伸ばして、倒れる彩夏を受け止める。

そのままふたりでドサッとカーペットの上に倒れ込んだ。

「いてて……彩夏、大丈夫か？」

「う、うん、なんとか。健吾は？」

「カーペットでよかったな。フローリングだったらかなり痛かったぞ」

倒れたまま声をかけあう俺たち。

少し動揺しているようだけれど、受け答えはしっかりしている。

どこか打ちつけたとか、そういったことはなさそうだ。

そのまま起き上がろうとするが、そのとき違和感を覚える。

「ん？　なんだこれ」

「ちょっと、んっ……あっ♥」

「さ、彩夏⁉」

彼女の体を受け止めた手のひらに柔らかい感触がする。

その上、彩夏の口から艶めかしい声まで。

よく見てみると、手が彼女の胸に触れていた。

柔らかい感触は、彩夏の巨乳の感触だったのだ。

「ご、ごめん！ 俺、気づかなかったんだ」

とにかく謝らなければ、と思って謝罪の言葉を口に出す。

一方の彩夏は首を横に振った。

「ううん、いいよ。助けてくれたし、事故みたいなものだから」

「すぐ退くよ」

「待って、そこ違……あっ、やんっ♥」

とにかく急いで手を抜こうとしたけれど、それが悪かったらしい。

無理やりしたから、そのせいであちこちを刺激してしまったようだ。

ようやく離れたころには、少し息が上がっていた。

「はぁ……はぁ……も、もう大丈夫だから」

そう言いつつ、今度こそ倒れないように起き上がる。

気にしていないと言っていたけれど、彩夏の顔は赤くなっていた。

「初めて、触られちゃった……」

両手で胸を抱えるようにしながらつぶやく彩夏。

視線も俺から逸らしている。

「なあ、彩夏。やっぱり、俺が悪かったよ」

「それはいいの！　あたしのほうが助けられたし。問題なのは……」

「問題なのは？」

「……なんだか、ムラムラしてきちゃった」

ようやく俺を見た彼女の目は、どことなく熱っぽかった。

「大丈夫なのか？」

さっきと比べて明らかに様子がおかしい。

風邪なんかで熱っぽいのとは明らかに違う雰囲気だ。

「大丈夫じゃないかも……」

彩夏はそのまま俺に近づいてくる。

「昨日のこと、覚えてるよね？」

「あ、ああ……忘れられないからな」

彩夏があんなふうにご奉仕してくれて、俺にとっては天国みたいだった。

「それでね、そのときあたしも凄くドキドキしてたんだ。健吾とエッチなことしてるって思うと、胸が熱くなって……」

「そんなふうに思ってくれたなら、ちょっと安心する」

あのときは俺のほうが、一方的に気持ちよくなってばかりだった。

彩夏に申し訳ないという気持ちもあったんだ。

彼女は俺のほうを見ながら告白するように続ける。

「実はね？　昨日、自分の部屋に戻ってからオナニーしちゃったの」

「えっ、それって……本当に？」

思いもよらない告白に驚いてしまう。

彩夏は話を続けた。

「健吾にフェラしてるときのことを思い出しながら」

「彩夏がそんなことを……」

驚きはあったけれどショックはなかった。

むしろ、彼女もあの状況でエロい気持ちになってくれたのは嬉しいくらいだ。

「たくさん指でいじって、何度もイっちゃって……今までないくらいエッチなことしちゃった……♥」

気づけば、彩夏の息が荒くなっている。

「でもね、健吾。あたし、自分でするだけじゃ満足出来なかったの」

彼女の手が俺のほうへ伸びてくる。

肩に置かれた手に力が入って、顔と顔の距離が縮まった。

「あたし、もっと健吾と気持ちいいことしたいよ」

「彩夏、本気なのか？」

「健吾に嘘なんかつかないよ」

興奮している様子の彩夏。

とてもふざけて言っているようには思えなかった。

そして、俺も彼女の言葉を聞いている内に、その気になってしまっている。

体が熱くなって、彩夏を抱きたいという気持ちが溢れんばかりに強まった。

「一度始めたら止められないぞ」

「うん、いいよ。きっと後悔しないから」

その言葉で俺は一線を超えることを決めた。

肩に置かれていた彩夏の手を掴み、ベッドまで引っ張る。

「んっ！　優しくしてね？」

「ごめん、初めてだから上手くできる自信はない」

「初めてなのはお互い様だよ。健吾が優しくしてくれれば嬉しいから」

「精いっぱい努力するよ」

そして、彼女をベッドへ押し倒す。

「あっ、んぅ……」

彩夏の口から艶めかしい声が漏れる。

もうかなり我慢出来ない状態らしい。

「彩夏、触っていい？」

「はぁ……はぁ……どこでもいいから触って♥」

許しを貰えたことで手を動かす。

最初に向かったのは、日ごろから俺の視線を奪っている胸だった。

クラスメイトの中でもひときわ大きい巨乳。

服の上から手で覆うようにして触れる。

「うわ、大きいな……」

最初に口に出てきた感想はそれだった。

とくに大きい訳じゃないけれど、女の子である彩夏よりはずっと大きな俺の手でも覆いきれない。

それに加えて柔らかさだ。

少し力を入れれば、今まで感じたことのない魅惑の感触が味わえる。

「んっ……そんな、服の上からでいいの？」

けれど、彩夏はそう言うと自分の服の端を摘まむ。

「直に触ったら、あたしも健吾もきっと、気持ちいいと思うよ♥」

「……こりゃあ、想像以上にエロいな」

まるで俺を挑発するかのような仕草に欲望の火がメラメラと燃える。

オナニーを告白するくらいだから、エロい気持ちになっているとは思ったけれど、ここまでとは思わなかった。

ただまあ、俺にとっては得しかない。

彩夏のこんなエロい姿を見られたんだから。

俺は胸から手を離すと彼女の服に手をかける。

そして、躊躇することなくはだけさせていった。

「あっ……」

「彩夏の肌、白くて綺麗だよ」

シャツのボタンをはずし、肌着や下着もずらすと真っ白な肌が見える。

もちろん、目を引くのはたっぷりとしたボリュームの乳房だ。

ブラに収まっていない状態でも、深い谷間を形成している。

今度は両手を伸ばしてその胸を左右から鷲掴みにした。

「ひゃっ⁉　んっ、あっ……んぅ、あんっ♥　け、健吾……」

「彩夏が挑発したんだからな、止めないぞ」

服の上からの感触とは全然違った。

ボリュームはそのままでも、しっとりした肌の質感がよく分る。

興奮しているからか、少し汗をかいているのかもしれない。

胸が大きい女の人は、谷間が蒸れやすいと聞いたことがある。

そんなことを考えながら、俺は手を動かして存分に胸の感触を楽しんだ。

揉むのはもちろん、撫でてみたり軽く持ち上げてみたり。

今までは見ていることしか出来なかった場所を、隅々まで体験していく。

「はぅ、はぁっ……はぁっ……健吾の手、エッチな動きしてる……」

「彩夏のおっぱい揉むの、実は夢だったからな」

「あはは、意外とハッキリ言うね～。ん、ふぅ……あ、んんっ♥」

会話の中で少し笑いをこぼす彩夏。ただ、快感のほうも徐々に強くなっているようだ。

今触れている胸では、その頂点にある乳首の変化が顕著だった。

彩夏の興奮が強まっていくに従い、だんだん硬くなって自己主張している。

「彩夏の乳首もエッチな形になってるぞ」

「えっ、あっ……ひゃぅっ♥」

指先で乳首に触れると嬌声が漏れた。

どうやらかなり敏感になっているようだ。

「ま、待って……あんっ♥　ダメ、そんなにっ……あっ、ひゃっ、んくぅぅっ♥」

コリコリと乳首を愛撫すると、喘ぐ彩夏。

単に大きいだけではなく、性感帯としても優秀らしい。

「はひっ、はぁっ♥　ふぅ、はぁ、ふぅっ……こ、これ以上はダメだからぁ……♥」

大きく息を乱しながら懇願してくる。

本当に限界だ、というのを目で訴えていた。

「分かった。じゃあ、胸はここまでにする」

「ふぅ……」

彩夏が安心したようにため息を吐く。

けれど、俺にとって本番はここからだ。

「俺もそろそろ我慢出来なくなってきたところなんだ」

手早くズボンを脱いで彩夏の前に肉棒を晒す。

「あっ……け、健吾の……」

彩夏に挑発され、見事な巨乳まで堪能したおかげで全開状態だった。

「すごい、昨日よりおっきい……」

「彩夏の胸には負けるけどな」

「えー、それは比べる対象が違わないかな？」

「細かいことは気にするなって」

話をしつつ手を動かし下半身へ向ける。

彩夏も俺の意図を理解してくれたようで、自分でスカートをめくり上げた。

「彩夏のパンツ、可愛いな」

「あんまりじろじろ見られると恥ずかしいよ！」

「これからもっと恥ずかしいことするのにか？」

「それは……あっ、やんっ♥　健吾の指がぁ……♥」

下着の中に潜りこんだ指が秘部に触れた。

彩夏のそこは触れる前から濡れていたようで、もうドロドロだ。

素人の俺でも、これはもう準備がいらないと分かる。

「もう入れていいか？」

「……うん」

彼女も覚悟を決めたようで、一度だけしっかり頷く。

俺は肉棒を手に取ると、そのまま秘部へ当てて腰を前に進めた。

「うっ！　んぐっ……あ、ああっ……ひゃ、くぅぅっ……♥」

愛液の量が多かったおかげか、すんなり奥まで入っていく。

ただ、流石に少し苦しそうだ。

腰の動きを止めて声をかける。

「彩夏、大丈夫か？」

「う、うん。思ったよりは平気」

少し息が乱れているものの、まだ大丈夫そうだ。

再度腰を動かして肉棒を奥まで挿入していく。

「ああっ、んうっ……はぁっ♥　一番奥まで、入ってるよ」

「ああ、俺もわかるよ。彩夏と繋がれてすごく嬉しい」

とうとう彼女と一つになれたと思うと感動する。

このときばかりは、性欲より純粋な喜びのほうが大きかった。

「俺たち、恋人だもんな」

「なに、急に。兄妹でもあるけどね」

「おいおい解決出来ればいいさ。今は彩夏との時間を楽しみたい」

「それはあたしも同感♪」

彼女が手を動かして俺の首に回す。

そのまま自分に引きつけると目を瞑《つむ》った。

彼女の意図を理解して、そのまま唇を押しつける。

「ん、ちゅっ……健吾……♥」

熱っぽい声で俺の名前を呼ぶ彩夏。

彼女の気持ちに体が反応しているのか、肉棒を収めている膣内もビクッと震えて締めつけた。

温かい快感に甘い刺激も加わって、徐々に性欲が盛り返してくる。

「このまま動くぞ」

「うん……んっ、あっ♥　はぅ、んぁ……はっ、あぁ……んっ♥」

少しずつ腰を動かし始める。

彩夏の中の感触を味わうように、丁寧に肉棒をピストンさせた。

その度に膣内のヒダが絡みついてきて、極上の快感が生まれる。

「あっ、はぁっ……♥　くぅぅっ……ふぅっ……はぁっ……はぁっ……んぁっ……♥」

艶めかしい喘ぎ声が室内で生まれては消えていく。

彼女も感じてくれているようだ。

「はぁ……はぁ……んんぅっ♥　あふっ、はっ……あぁっ、あんっ♥」

「彩夏、いっぱい声出てるな」

喘ぐ彼女に話しかける。

「だ、だって！　出たり入ったり、気持ちいいから……んっ、あっ……ひぅっ♥」

ぐっと肉棒を押し込むと、それに合わせて彩夏がもだえる。

自分のもので感じてくれているという実感があった。

だからか、興奮してつい強めに動いてしまう。

「ひゃっ、あうぅっ！　んぐっ、はっ、あっ……ひっ、ふぅ……んんっ♥」

だんだん声が大きくなってきた。

ああ、もっと彩夏の感じている声が聴きたい。

「んんっ……あっ、はうっ！　んっ、はっ、あぁっ……ふぅ……♥」

夢中になってくると、加減が上手くできない。

気持ちよくなってほしいけれど、苦しませてしまっては最悪だ。

「少し休もうか？　さっきより息が荒くなってるぞ」

「はぁ……はぁ……うん、思ったより大したことなかったよ。もっと動いて大丈夫だから」

しっかり俺の目を見つめながら彩夏は続ける。

「ようやく健吾とエッチできたんだから、ちゃんと最後までしたいの！」

「ああ、分かったよ、俺も彩夏のこと、気持ちよくしてあげたい」

彼女を労《いた》わるようにゆっくりと、けれど確実に腰を動かしていく。

まだ狭い膣内をかき分け、奥まで突き解していった。

「あぁぁっ……んっ、あぁっ……おちんちん、気持ちいいっ♥」

「彩夏、俺も気持ちいいよ！」

「んぁっ……ふぅっ……あうっ……はぁっ……はぁっ……くぅぅっ……あひぃっ……あんっ♥」

お互いに興奮がどんどん高まっていった。

ピストンも速くなり、それに合わせて彩夏の巨乳も揺れる。

ゆさゆさと揺れる乳房はそれだけでもエロくて、また後で揉んでやろうと決意した。

「あっ、ああっ♥　健吾っ♥」

彩夏の手が何かを求めるように動く。

俺はそれに自分の手を重ねてベッドへ押しつけた。

「あっ……♥」

「このまま最後までいくぞ？」

「うん、きて♥　健吾の、全部あたしにちょうだいっ♥」

彼女の求めに応じて、より強く腰を動かす。

体がぶつかるたびにパンパンと乾いた音が響き、そのテンポがどんどん速くなっていった。

「あっ、ああっ、あっ♥　ひっ、あぁっ、んっ♥　ひゃう、んっ、んんっ♥」

彩夏の嬌声も大きくなってきた。

肉棒で突き上げられるたび、体を悶えさせながら喘いでいる。

加えて、肉棒を包み込む膣内の締めつけも強まった。

奥まで入っていく肉棒をギュッと締めつけ、精液を搾り取ろうとしてくる。

「んんっ、あっ、あっ、あぁぁっ♥　ひゃ、んっ、あっ♥　はぅ、んんっ♥」

「はぁ……はぁ……彩夏の中、どんどん締めつけてくるぞ！」

「んぁっ、あんっ、んっ♥　だって、健吾が激しいからっ……あひっ♥　あっ、あぁぁぁっ♥」

肉棒から伝わってくる刺激が全身を駆け巡る。

頭の中が快感に乗っ取られてはち切れそうだ。

「ひっ、あっ、ううっ♥　ダメッ、イっちゃうっ♥　ひゃ、あっ、ひぃぃっ♥」

ついに彩夏が限界を訴えてきた。

「俺もだ！　もう出すぞ、彩夏の中に出すぞっ！」

「きてっ♥　全部中に出してッ♥　ひっ、んっ、あひっ♥　あっ、あぁぁっ♥」

普段の彼女からは想像できないほど淫らな表情で喘ぐ。

必死さが現れていて、それだけの快感に襲われているのが分かった。

「イクッ♥　イクイクッ♥　あっ、んぐっ♥　イっちゃうぅぅっ♥」

「彩夏っ！　彩夏っ！」

繋げた手を強く握りしめラストスパートをかける。

そして、溜まりに溜まった欲望が破裂する瞬間、肉棒を最奥まで突き込んで射精する。

「んぎっ⁉　あっ、ひいいぃいっ～～♥♥　あっ、イクッ♥　イクウウゥウウゥッッ♥♥」

突き抜けるような快感と共に、膣内へ子種をぶちまける。

「あぐっ、あぁっ♥　お腹、熱い……はっ、うっ、うぅぅっ……♥」

勢いよく中出しされた彩夏は、ビクビクと体を震わせていた。

絶頂しながら中に精液を感じるのは、かなりの快感らしい。

「あふっ、はぁっ……はぁ、はぁ……♥」

それでも、数分もすると落ち着いてきたようだ。

彼女を潰さないよう気を付けながら隣へ横になる。

「凄かったぁ……頭の中真っ白になっちゃったよ」

「俺も気持ちよかったな」

「お腹の中いっぱいだもんね、ふふっ」

まだ少し顔の赤い彼女が楽しそうに笑う。

「ママたちにバレてないかな？」

「もしバレてたら、そのときはそのときだ」

「えー、大丈夫かなぁ……ま、何とかしなきゃね。別れるのとか嫌だし」

本当にそうだな、と思う。

冷静に考えれば馬鹿なことをしたけれど、後悔はまったくない。

むしろ、これからも彩夏を大切にしようという気持ちが強くなった。

「頼りにしてるよお兄ちゃん？」

「その呼び方は止めろって、むずがゆいから」

恋人であり妹でもある彼女から頼られているんだから、頑張らないとな。

俺はそう考えながら、そのまま彩夏との一時を過ごすのだった。

第二章　ひそかな逢瀬

お互いの初めてを捧げ合った翌日。

俺たちは放課後の教室で顔を突き合わせていた。

「はぁぁ…………」

「今日の健吾、ため息ばっかだね。やっちゃったことは仕方ないでしょ？」

「それはそうなんだけどな。やっぱり不審に思われるよなぁ」

あの日の夜、初めてセックスした俺たちは浮かれていた。

けれど、風呂へ入りに一階へ降りたところで、美穂さんに声をかけられたのだ。

さっきから二階で騒いでたけどどうしたの？　と不思議そうに。

そこで俺も彩夏も目が覚めた。

美穂さんには咄嗟にふたりで動画を見ていて盛り上がってしまったと伝えた。

それを聞いた彼女は、それだけ仲良くなったのねと喜んでくれたな。

なんだか悪い気がしたので、早々に風呂場に向かった。

もしバレていたら速攻で家族会議になっていただろう。

俺たちはもちろん、親父たちの関係にもヒビが入ったかもしれない。

「もう少し慎重に行動すべきだった」

「まあ、反省しなきゃね」

あのときのことを後悔はしていない。

だが、もう少し頭を使えば怪しまれずに済んだかもしれないのだ。

親のいない時間を見つけるとか、家以外でするとか。

「それで、これからどうするべきかな……」

「うーん。あの様子だと、流石にあたしたちがエッチしてたとは思ってないんじゃないかな？」

「再婚の連れ子同士が恋人だなんて、普通は想像できないよな」

見抜ける人はよほど疑り深く、洞察力に優れているだろう。

幸い、うちの親には俺たちを疑うような理由がない。

だからよほどあからさまにしなければ、仲のいい兄妹に見えるはずだ。

ただ、万が一という場合もある。

「これからは無暗に接触したりするのは控えるべきだろうな」

「体の接触ってこと？」

「そうだ。会話ならいくらでも大丈夫だろうけれど、肉体的な接触は怪しく見えるかもしれない」

特に俺たちはつい最近まで、ただのクラスメイトだった。

少なくとも、親たちはそう思っているだろう。

仲良く話すならともかく、くっついたりじゃれ合うのは不自然だ。

彩夏はともかく、俺はそんなに愛想がよくないしな。

「うぅ、そんな……せっかくいい感じだったのに」

ぐったり落ち込む彩夏。

その姿を見ているとこっちも落ち込んでしまう。

「俺も同じ気持ちだよ。けど、仕方ないな」

「そっか……」

「今はまだ家の中が不安定なんだ。もう少し落ち着けば、話を聞いてもらえる機会が出来るかもしれない」

「ほんとに？」

顔を上げた彩夏が俺を見つめる。

「ああ、もちろん。俺もこれから一生隠していけるとは思ってないし、隠したまま過ごしたくないからな」

元からずっと隠し通せるとは思っていない。

家族になったばかりだからこそ、親父たちもまだ違和感を覚えない。

慣れてくれれば、義理とはいえ普通の兄妹と少し違うと感じるかもしれないな。

そうなれば、バレるまで時間はかからないだろう。

「それまでに、なんとか説得できる理由を考えないとな」

「健吾のこと頼りにしてるんだよ？　あたし、先々のことまで考えるの苦手だし」

「ああ、分かってる」

こうして、俺たちの本格的な兄妹偽装生活が始まった。

まず気を付けたのは、彩夏と話した通り、過度な接触をしないことだ。

隣の椅子に座るくらいならともかく、くっつくようなことは厳禁。

同い年の男女らしい、少し間合いを置いた距離を心掛ける。

それでいて、極端に距離を置くようなことも避けないといけない。

親父たちに心配されてしまうからだ。

心配で俺たちのことを探ってきたら、うっかり恋人だと気付かれるかもしれない。

兄妹としての関係さえ順調なら放置してくれるだろう。

それが一番、俺たちの秘密がバレないで済む形だ。

「ただいま」

「あ、お帰りなさい健吾くん」

学校が終わって家に帰ると、リビングに顔を出す。

今までは家に帰っても、大抵は俺ひとりだった。

うっかりすると、玄関からそのまま二階へ行ってしまいそうになる。

「彩夏は一緒じゃなかったの？」

美穂さんは何やらチラシを広げて作業している。

明日の買い物の予定でも立てているんだろうか。

「先生に呼び出されたみたいで、まだしばらく学校だとか」

「えっ、先生に？　大丈夫かしら……」

「叱られる訳じゃないと思いますよ。そんな雰囲気じゃなかったですし」

「そうなの？　なら良かったわ。ありがとう健吾くん」

どうやら心配させずに済んだらしい。

それから俺は自分の部屋へ向かう。

「一応連絡入れとくか」

スマホを取り出してメッセージアプリで彩夏に連絡を入れる。

すると、すぐ既読がついて返信が来た。

『健吾、もう家着いたの？　あたしも早く帰りたいな～』

どうやらまだ時間がかかるらしい。

『夕飯までには帰って来いよ』

『そんなに遅くはならないって』

別にトラブルが起きている雰囲気でもないし、この分なら大丈夫だろう。

スマホを机に置くと、本棚から読みかけの小説を取り出す。

「どこまで読んだっけな……あぁ、ここからか」

ページをめくりつつ確認し、読書を始める。

とても面白い話だったのでつい熱中してしまった。

気が付けばだいぶ時間が経っていたのか、外が夕暮れになっている。

「しまった、こんなに時間が経ってるとは……」

時計を見ればもう6時だ。もうすぐ日が暮れる。

「そう言えば彩夏、まだ帰ってきてないのか？」

彩夏が帰ってくれれば、階段を上って二階に来るはずだ。

その音は、読書に夢中になっていても聞き逃すことはない。

「まだ夕飯まで、少し時間あるな。ちょっと喉乾いたし、コンビニまで行ってくるか」

なんだか無性に炭酸ジュースが飲みたくなってしまったが、冷蔵庫にはなかったはず。

こういうのは考えれば考えるほど我慢出来なくなってしまう。

俺は財布とスマホだけ持ってコンビニへ向かった。

幸い家から五分ほどと近いので、すぐ目的のジュースを手に入れる。

そして、店から出ようとしたところで外から雨音が聞こえるのに気付いた。

「えっ、雨？」

見れば確かに雨が降り始めている。

今日の天気予報ではほとんど降らないという予想だったはず。

けれど、雨の勢いは容赦なく強くなっていく。

ついにはザーザーと勢いよく降り始めた。

「拙《まず》いな、傘なんて持ってきてないぞ……」

幸いコンビニには傘も売っている。

ただ、ここから家まで帰るためだけに数百円払うのはもったいない気がした。

「……よし、突っ走るか」

雨に濡れることより小遣いの保守を選んだ俺は外に出る。

そして、全力ダッシュで家までたどり着いた。

当然頭や服も濡れてしまう。

「はぁ……はぁ……」

「まあ、そんなに濡れちゃって。大丈夫？」

帰宅してそうそう美穂さんに出会う。

「あはは……コンビニへ買い物に行ったら降られちゃいまして」

「じゃあ、お風呂に入ったらどう？　彩夏用に沸かしておいたんだけど、先に入っちゃって」

「えっ、大丈夫なんですか？」

確かにこの雨なら彩夏も濡れて帰ってくるかもしれない。

「健吾くんだって濡れてるんだから、遠慮しなくていいのよ。それに、彩夏はもう少し時間がかかるでしょうし」

そう言って俺にスマホを見せる。

どうやら美穂さんも彩夏と連絡を取っていたらしい。

「じゃあ、お言葉に甘えます」

せっかくの好意なんだ、ありがたく受け取ろう。

俺は一度頭を下げると、買ってきたジュースを冷蔵庫へ入れ風呂場に向かう。

濡れた服を脱いでそのまま洗濯機へ突っ込み浴室へ。

シャワーを出して温かくなったところで体を洗い始める。

「彩夏、水たまりとかで滑ってないと。いいけど」

そんなことをつぶやいていると、ちょうど玄関の扉が開く音がした。

「お、帰ってきたか」

美穂さんが出迎えたようで、小さいが風呂場まで声が聞こえる。

「まあ、かなり濡れちゃってるじゃない。はい、これタオル」

「ありがとうママ！　参ったよもう、途中でいきなり降りだすんだから」

「災難だったわねぇ」

とりあえず滑って怪我などしていないようで安心する。

「着替えは部屋にあるでしょう？」

「うん、大丈夫」

「じゃあ、私はリビングにいるから、何かあったら言ってね」

足音が一つリビングのほうへ向かう。これは美穂さんだろう。

そして彩夏のほうは一旦二階へ行って着替えか。

じゃあ俺も速めに出ないといけないな。

一度頭からシャワーを被ってシャンプーを手に取り、手早く済ませようとする。

だが、そのとき急に浴室の扉が開いた。

「はっ？」

「えっ、健吾？　なんで⁉」

頭が泡だったまま振り返ると、そこにいたのは彩夏だった。

しかも一糸まとわぬ姿で、タオルも手に持っているからまったく隠せていない。

「ど、どうしてお風呂に入ってるのよ！」

「そりゃこっちのセリフだ。美穂さんに俺が先に入ってるって聞いてなかったのか？」

「聞いてたら入らないって！　あたしはママからお風呂の用意してあるって聞いてたから……」

どうやら不幸な行き違いがあったらしい。

彩夏が聞いていたというのは、おそらく俺が帰る前。

俺が先に帰ってきて風呂場に入ってしまったから、それを知らない彩夏と鉢合わせしてしまった訳だ。

「ど、どうしよう……あたし、着てた服を全部洗濯機に入れちゃった……」

「俺が頭を流して先に出る」

まだ途中だったけど致し方ない。

シャワーで頭を流していると、そこで足音が近づいてくるのに気付いた。

「彩夏ー？」

「マ、ママ⁉」

まずい。これは最悪だ。

外に美穂さんがいるとなると、俺は出られなくなってしまう。

「ごめんなさい、言い忘れてたことがあって。健吾くんにもお風呂を勧めたんだけど、鉢合わせしなかった？」

バッチリ鉢合わせしています。

俺は彩夏に目配せしてシャワーを受け渡した。

「えっと、別に？　先に上がったんじゃないかなぁ」

とっさにそう返答する彩夏。

俺は万が一美穂さんが中に入ってきたときのため、湯船の中に入る。

風呂場ではそこしか隠れるところがないからだ。

幸い湯船の蓋が半分被さったままなので、その下に潜れば出入り口からは見えない。

「あら、じゃあ良かったわ。年頃の男女が裸で鉢合わせなんて気まずいものねぇ……今度から気を付けるわ、ごめんなさい」

「ううん、いいの。後であたしから健吾にも言っておくから」

「じゃあお願いね。私は夕飯を作ってるから」

立ち去る足音が聞こえる。どうやら危機はとりあえず去ったようだ

ただ、ある意味問題はここからだった。

俺は湯船から出て彩夏と顔を突き合わせる。

「これ、どうしよっか……健吾、先に出れる？」

「美穂さんにバレないか心配だな。俺も着替え持ってきてないし、タオル一枚でうろついているところを見られたらアウトだぞ」

足音でバレる可能性もあるし、そうでなくとも偶然鉢合わせる可能性もある。

「あたし、一応下着は脱衣所にあるから、健吾の着替え取りに行けるけど……へくちっ」

「濡れた体のまま外を歩かせられないだろ。まずはシャワーを浴びてくれ」

「……うん、分かった」

雨が降っていたから肌寒いし、着替えを取りに行ってもらって彩夏が風邪でも引いたらひどく後悔するだろう。

彩夏がシャワーを浴び始める。

俺はその間、彼女に背を向けて浴槽の中でじっとしていた。

さっきまでは気が動転してそれどころじゃなかったけれど、お互いに真っ裸だ。

いくら初めてを済ませたとはいえ、少し恥ずかしい感じがする。

おそらくは彩夏もそうなんじゃないかと思った。

「その、彩夏」

「ん、どうしたの？」

「さっきは悪かった。もう少しちゃんと連絡してればトラブルも回避出来たかもしれない」

「それは気にし過ぎだよ。そもそも、雨に降られたのだって偶然なんだし」

彩夏はそう言うとシャワーを止めてこっちに近づいてくる。

「あたしも入っていい？」

「えっ？　いや、大丈夫だけど」

「じゃ、もっとそっちに詰めて！」

言われるままスペースを開ける。

すると、そこへ彼女が入ってきた。

「んしょっ……ふぅ、けっこう狭くなっちゃうね」

「元々ひとりで入ってちょうどいいくらいのサイズだからな」

ふたりで膝を抱え、横並びで湯船に浸かる。

必然的に体が触れて少しドキドキした。

「こんなふうに誰かとお風呂入るなんて久しぶりかも」

彩夏がそう呟くと、俺も同じだと気づいた。

最後に誰かとお風呂に入ったのなんて何年前だろうか。

「小さい頃は親父と入ってたけど、俺がひとりで入れるようになってからはまったくだな」

「あたしも同じ。だからほんとに久しぶりだよ」

そう言いながら、彼女が寄りかかってくる。

温かくて柔らかい感触が触れてきた。

「むっ……」

「あ、嫌だった？」

「嫌じゃないというか、むしろ気持ちいいんだけど……」

ちょっとマズいかもしれない。

今は我慢出来るけれど、ずっとこうしていると興奮してしまうかも。

「あ～、そういうことね！　健吾のスケベ」

「勘弁してくれよ……」

俺の顔を見て察したらしい。

自分から言うのも恥ずかしいけど、見抜かれるのも恥ずかしいもんだな。

ただ、おかげでもう躊躇しなくて済みそうだ。

恥ずかしさも、喉元過ぎれば熱さを忘れるという奴か。

「というか、裸でくっついてるだけでもダメなの？」

「ダメだろ、そりゃあ。もう吹っ切れたから言うけど、思春期真っ最中の男だぞ？　下着がチラッと見えただけでもムラムラするもんだよ」

「うわぁ、ほんとにぶっちゃけてる……」

大げさに体を引いて反応する彩夏。

たぶんそういうノリなんだろうけど、少しだけ不安になってしまう。

「流石に引いたか？」

「そんなことないよ。エッチだなーとは思ったけど」

そう言って彼女はまた俺に寄りかかる。

「このままもう少し温まったら、あたしが出てって健吾の服を持ってくればいいんだよね？」

「ああ。そのほうが自然だろうし」

それまでは一緒に風呂へ入ったままだ。

はたして俺の理性がもつだろうか？

もしダメだったら、この場で彩夏を押し倒してしまうかもしれない。

火照った彩夏の体を押さえつけて、そのまま……。

「あぁ、変なこと考えるな馬鹿」

一糸まとわぬ姿の彩夏が隣にいるからか、どうも思考がそっち寄りになってしまう。

「あ、またエッチなこと考えてる」

「からかわないでくれよ」

「だって、なんだか反応面白いし♪」

俺は苦い顔をしているだろう。

けれど、反対に彩夏は楽しそうだ。

「今度ふたりきりになったとき、覚えてろよ」

「ひゃー、犯されるー！」

指でパシャパシャとお湯をかけてくる。

「子供か。いや、会話の内容がアレすぎるけど」

なんだかちょっと気が抜けて、桃色の思考も鈍った気がした。

「そう言えばさっき、いっそのこと健吾とお風呂に入ってるって言っちゃえばよかったかな」

「おいおい、なに馬鹿なこと言ってるんだ」

一緒に風呂に入っているなんて明らかにおかしいだろう。

「俺たちは同い年だし、少し前までただのクラスメイトって設定なんだぞ？」

「でもさぁ……」

彼女はそこでジッと俺のほうを見る。

「兄妹が出来たら、一緒にお風呂入ってみたいとか思わない？　今まで出来なかったことだし」

「いや、それは……うぅん……」

否定の言葉が喉まで出かかったけれど、そのまま口にすることはなかった。

確かに、彩夏の言う通り思っても不思議じゃないかもしれない。

「クラスメイトって点をどうにか出来ればアリなのかなぁ」

流石に見知った相手といきなり裸の付き合いになるのは厳しいだろう。

常識とか羞恥心とか、そういった壁がある。

俺たちの場合は兄妹でクラスメイトで、そして恋人というイレギュラーだけれど。

「きっとママたちなら分かってくれると思うよ?」

「……そうかもな。また今度考えてみるか」

これからも風呂場で鉢合わせしないよう注意するのは大変だ。

気を付けなければならないものが一つ減るのは助かる。

それに、彩夏と風呂に入りたくないかと言われたら嘘になるし。

「で、そろそろ温まったんじゃないのか?」

「うーん、どうかなぁ。あたしはあと10分くらい入っててもいいよ♪」

「おいおい、梨歩さんが様子を見に来たら大変だぞ。夕飯の準備をするって言ってたから、しばらくは台所から出てこないとは思うけど」

「ママの邪魔が入らないなら健吾とイチャイチャ出来るし……えいっ!」

そのとき、彩夏が想定外の行動に出る。

あろうことか俺に抱きついてきたのだ。

「うおっ!? な、なにするんだ!」

俺の腕を捕まえてギュッと抱き寄せる。

当然そのまま腕が全裸の胸元へ押しつけられて、柔らかい感触を味わってしまう。

「兄弟らしくしてると、どうしても健吾の近くにいたいなって気持ちが強くなっちゃうんだよね。そういうことない？」

「もちろんあるさ」

心臓の鼓動が当然のように速くなり、なんとか落ち着けようとする。

ただ、なかなか上手くいかない。

彩夏の言う通り、心の中ではこうしたいと思っているからこそ拒否できないのだ。

「でも、場所が場所だろう？」

「そうやって気にしてたら、家の中じゃずっと兄弟のままだよ？　それはちょっとやだな」

「むぅ……そう言われると否定できないな」

俺は少し考えてから頷く。

「分かった。じゃあ、どうしてほしい？」

「健吾からも、もっとくっついてほしいかな」

言われた通り、彩夏の体に手を回して抱き寄せる。

直に彼女の体を感じると、今までよりずっと満たされている感じがした。

同じ家に住んでいるのだから、毎日顔を合わせるし話もする。

けれど、やっぱり完全に満たされるには肉体的に感じるのが一番だ。

少なくとも俺はそう思っているし、彩夏も同感らしい。

「でも、これは一つ難点があるな。滅茶苦茶ムラムラする」

さっきから体が熱くなって仕方ないのだ。

単に湯船に浸かっているからじゃない。

彩夏の魅力的な肉体を見て、実際に触れて、男としての欲望が湧き上がってきた。

これは簡単に治められるものじゃないというのは実感している。

「ふふ、健吾のエッチ。またあたしとしたくなっちゃったんだ♥」

反応を見て笑みを浮かべる彩夏。

わざと胸を押しつけて俺を挑発してくる。

「他の男に絶対こんなことするなよ？　押しつけられただけで勘違いするからな」

「もう、そんなに分別なく見える？　健吾にしかしないよ」

そして、そのまま顔を近づけてくる。

俺は動かず彩夏のキスを受け入れた。

「ちゅっ、はぁっ……♥　ん、ちゅ……れる、んぅ……はぁ、ちゅむっ♥」

しっとりした唇を思い切り押しつけてくる。

「ん、ちゅうっ……はぁっ♥　健吾とのキス、大好き♥」

「俺も好きだよ、彩夏とキスするの」

「ほんと？　嬉しい♥」

彩夏の表情が嬉しそうに緩む。

そして、今度は俺のほうから唇を奪った。

「あ、んんっ！　ちゅ、れるっ……れろ、んぅ……じゅるるっ♥」

唇同士が重なって、さらに舌まで交じり合う。

俺が舌を伸ばすと彩夏は嬉しそうに受け入れて絡めた。

卑猥なキスのせいで興奮がより強くなってしまう。

「彩夏……」

「あ、ひゃうっ！　ん、健吾の手つき、いやらしい……」

彼女の体に回していた手を動かす。

腰に置いていた手はそのまま下に向かい、丸いお尻を撫でた。

「彩夏のお尻、柔らかくて張りがあって、実に触ってて気持ちいいな」

「あんまりお尻ばっかり触られると恥ずかしい……」

羞恥心を刺激されたようで彩夏の顔が赤くなる。

その隙に、もう片方の手は上半身へ向かった。

「そこ、あっ……んんっ♥　胸まで……あっ、はぁっ♥」

手を広げて彩夏の大きな胸を愛撫する。

お尻もいいけれど、こっちの触り心地も最高だ。

「こっちも感じるだろ？　前したときも気持ちよさそうにしてたもんな」

手のひらで優しく愛撫していく。

マシュマロのように柔らかい感触がいい。

「け、健吾がいっぱい弄るからぁ……あぅ、あんっ、ひゃっ♥」

「それじゃ、性感帯を開発出来たってことか？　それはそれで嬉しいな」

自分の手で恋人の体を開発しているなんて、すごく興奮する。

俺は乳房への愛撫に加えて指先で乳首を刺激する。

「んひゅっ⁉　そ、そこぉ……あっ、んんっ……はひぃっ♥」

「やっぱり、ここが一番感じるみたいだな」

乳首に触れられてから嬌声が大きくなった。

さっきより硬くなっているし、完全に快楽を感じている。

「こ、声出ちゃうからダメだって……んく、はぅっ……んっ♥」

「あぁ、そうだな。あまり大きな音は立てないようにしないと」

そう言いつつ俺は愛撫を止めない。

敏感な部分への刺激を避けつつ、彩夏の性感を高めていく。

「んぁっ、はっ、うぅぅっ……体、熱いよぉ……はぁっ、はぁっ♥」

「じゃあ、一旦外に出るか。のぼせるのも危ない」

「うん……はぁ、ふぅ……」

体を支えて湯船から彩夏を出す。

彼女は床に敷いてあるマットの上にぺたんと座り込んでしまった。

様子を見るため、その隣へ俺も座る。

「はぁっ……はぁっ……外と中からどんどん熱くなって、頭がボーっとしちゃったよ」

「ごめん、少し夢中になりすぎたかもしれない」

本当にのぼせてしまったら危ないところだった。反省する。

「いいよ、それだけあたしに夢中になってくれたんだもんね？」

興奮している様子はあるけれど、彩夏の声音は穏やかだった。

快感で乱れているというより、状況を楽しんでいるみたいだ。

「あたしもお返ししちゃおっと♪」

「なっ、おい！　……くっ！」

彩夏が俺の股間に頭を埋める。

興奮で勃起した肉棒を口に咥え、フェラチオを始めたのだ。

「あむっ♥　れろ、ちゅる……ん、ちゅるる……れろ、れろれろっ♥」

「うっ……口の中、温かくて気持ちいいな」

「いっぱい感じてね♪　んむ、れろぉ……じゅる、れろ、じゅるるっ♥」

両手で肉棒を支えながら、口内の竿に舌を這わせる。

ザラザラした感触がちょうどいい刺激になっていた。

「この前してくれたときより上手くなってるみたいだ」

「ちゅる、れろっ……二回目だから、少しは慣れてるもんね。れろれろ、じゅる、れろぉっ♥」

刺激は舌だけじゃない。

瑞々しい唇が竿を上下にしごいている。

「じゅるるるるぅ……あむっ、じゅぷっ、ん、じゅぷっ♥」

ピストンの動きは遅いけれど、舌の刺激と合わさるとかなり気持ちいい。

これだけでも射精させられてしまいそうだ。

「れろぉ……じゅる、じゅる、ちゅうっ♥　先っぽから我慢汁漏れてるよ？」

「んぐ……彩夏のフェラが気持ちいいからだ」

「えへへ、やった♪　このままお口で射精したい？」

そう言いながら、わざとらしく舌を見せてくる彩夏。

望めばこのまま口で快感を味わい、中で射精までさせてもらえると思うと興奮する。

けれど、今はより強い願望があった。

「どうせなら彩夏と一緒に気持ちよくなりたいな」

「そっかそっか、じゃぁエッチだね♪」

提案とは別の要求だけれど、彩夏はなんだか嬉しそうだ。

「風呂場じゃ滑ると危ないから、しっかり体を支えないとダメだ」

「じゃあ、こんなのはどう？　んっ……♥」

彼女はその場で方向転換するとお尻を向ける。

手足を使って四つん這いになれば安定するから、後背位でしようってことか。

「なるほど、大賛成だ」

こうして後ろからするのは初めてなので、興奮と共に少しワクワクする。

俺はフェラで限界まで立ち上がった肉棒を手で支え、彩夏の秘部へ挿入していった。

「んぁっ！　はっ、んうっ……はぁっ……♥」

「うお、すごいな！」

挿入と同時にズルズルッと奥までのみ込まれていく。

中が相当濡れていたようで、抵抗感がまるでなかった。

「健吾がいっぱい触るから、トロトロになっちゃったよ……はぁ、んぅ……あんっ♥」

さっそく腰を動かし始める。

抵抗感がないと言ったけれど、刺激がないという訳ではない。

むしろ膣内は積極的に締めつけてくる。

「あふっ、はっ……あぅ、あんっ♥　はっ、あぁっ……うぅっ……♥」

肉棒を奥まで突き込むと、それに合わせて彩夏のお尻が震えた。

ちゃんと俺のもので感じてくれているらしい。

そして、中もビクッと震えて肉棒を締めつけてくる。

たっぷりの愛液でヌルヌルと動く肉棒に肉ヒダがまとわりついてきた。

柔肉のカーテンに突っ込んでいるみたいでとても気持ちいい。

「はひっ、あぁっ♥　健吾のおちんちん、何度も奥まで入ってくるよぉっ♥」

「彩夏とのセックスが気持ちいいから、止められないんだ！」

両手で彼女のお尻を押さえ、何度も腰を打ちつける。

浴室内にパンパンと体のぶつかり合う音が響いていた。

誰か脱衣所まで入ってきたら聞こえてしまうだろうけれど、もう興奮が抑えられない。

ピストンも徐々にスピードアップしていく。

「彩夏っ！　トロトロで気持ちいいぞっ！　中で蕩けそうだ！」

「あうっ、あぁっ♥　はぅっ、あんっ♥　あたしも、こんなの初めてだよぉっ♥」

倒れないよう、彼女の体を支えるようにしながら遠慮なく腰を振る。

兄妹として違和感がないよう接触を控えていたから、こんなにも深く繋がり合うことが嬉しくてたまらない。

「もっと、もっと欲しいのっ♥ 健吾のおちんちん、あたしにちょうだいっ♥」

とろけるような甘い声音に彩夏の興奮具合もよく分る。

彼女が感じてくれてるのが分かると、俺もより興奮してしまった。

「はぁっ……はぁっ……全部気持ちよくしてやるからな！」

俺は片手を前に伸ばすと、下から巨乳をすくい上げるように揉む。

「ひうゃっ⁉ また、んんっ……はっ、ひぃっ……んうぅっ♥」

さっきまで愛撫していたからか、まだ十分に敏感だ。

下向きになったことでより重量感の増した巨乳の感触を味わいながら、同時に乳首を責める。

「んっ、んんっ♥ はっ、ううっ……んぐ、あっ、ふぅぅっ♥」

乳首をコリコリと刺激するたびに彩夏の背筋が震える。

白い肌は興奮と湯船の熱で火照り、汗が噴き出ていた。

それがさらに、乱れる彩夏のエロさを際立たせている。

「はっ、ひっ、あぅっ……はぁっ、はぁっ……はぅ、あんっ、んんっ♥」

「はぁ……はぁ……くっ」

彼女の興奮が強まるにつれて俺も同じように昂ぶってくる。

胸を揉みしだいていた手を戻し、再度両手で腰を掴んで激しく犯す。

「ひうっ♥　あっ、はぁっ……んうぅぅっ♥　激しい、よぉっ♥」

彩夏が首を回して俺のほうを見る。

強い快感で火照った表情だ。

目が潤み、口元も荒い息を吐き出して半開きになっている。

「もう、ダメッ……我慢できないよぉっ！」

何が、とは聞かない。

さっきから肉棒を包み込む膣内が、ひっきりなしに震えているからだ。

もうイキそうになっているらしい。

「イクッ♥　あたし、イっちゃうっ♥」

「いいぞ、我慢せずに気持ちよくなってくれよ」

俺は前のめりになりながら彩夏にささやく。

「でも、俺もイクまで止めないからな」

「んぐ……えっ？　ひゃっ！　あっ、あああぁぁっ♥」

俺は一気にピストンのスピードを速くした。

パンパンパンパン、と連続で腰を打ちつける。

　限界まで勃起した肉棒で、膣内を耕すかのように激しいセックスだ。

「ダメッ、ダメダメッ♥　こんなの無理っ、イクッ♥　ひっ、あっ、ウウウウゥゥッ♥　イックゥゥゥゥッ♥」

　最奥をズンと突いたところで彩夏が絶頂した。

　お尻から背筋までビクンと震わせ、膣内もギューッと締めつけてくる。

　けれど、俺はそこで止まらず犯し続けた。

「あひっ♥　あっ、ひぐぅぅっ♥　らめっ、まってぇぇ♥　もうイってるから、イって……んぎゅっ♥」

　言葉を言い終わらないうちにまたイク彩夏。

　絶頂で過敏になった性感帯の効果で、さらなる刺激を受けるとすぐ絶頂してしまう。

「はぁっ、はぁっ……彩夏、すごく可愛いよ」

　俺の興奮も更に高まってくる。

　彼女との交わりが深くなるにつれ、我慢出来なくなっていく。

「あひっ、はっ、あぁぁっ♥　ダメッ、またイっちゃうっ♥」

「俺もイクぞ！」

　声をかけると、彼女は中をギュッと締めつけて求めてくる。

「あぐ、んっ……きて、ちょうだいっ♥　いっぱい中に出してっ♥　ひゃ、んんっ、んくうっ♥」

「出すぞ、全部彩夏の中にっ！」

腰の奥から熱い塊が昇ってくるのを感じる。

最後に強く肉棒を突き込むのと同時に、それを解放した。

「イッ、んぅぅぅぅ～～っ♥♥」

彩夏が体を震わせ、うめき声を漏らしながら絶頂する。

風呂場だから、出来るだけ声を漏らさないようにしたんだろう。

その代わり、出口のない快感が体の中を駆け巡る。

「あっ、ひうっ♥　やっ、あぁっ♥　またイクッ、イクゥゥッ♥」

ビクンビクンと何度も腰が震える。

「ぐっ……すごい、搾り取られる！」

膣内が複雑に動き、肉棒へ絡みついてきた。

射精のたびに締めつけられて、根こそぎ搾り取られてしまう。

最後の一滴まで出し切ったところで彩夏も力尽きた。

「あっ、うっ……んぎゅっ……お腹の中で、ドクドクって……いっぱい……♥」

「ふぅ……彩夏、大丈夫か？」

彼女の体を支えながら声をかける。

「う、うん、なんとか……」

まだ息は荒いものの、意識ははっきりしているようだ。

「体起こせるか？　大変だろ、手伝うよ」

「健吾が激しくするからだよ、もう……」

「ごめん、途中から夢中になっちゃって」

それから俺たちは、もう一度体を洗うことになった。

流石に事後の状態まま外に出る訳にはいかない。

そして、綺麗になったところで当初の予定通り行動する。

つまり、まず彩夏が部屋へ行って着替え、さらに俺の部屋へ行って服を持ってくる。

無事に俺が着替えられればトラブルは解決だ。

浴室の外に出る前、彩夏が振り返って問いかけてくる。

「……ママにバレてないよね？」

「大丈夫だと思うけどな。風呂場と台所は離れてるし扉もある。リビングでテレビがついていれば、よほど大きな声を上げない限りバレないはずだ」

「あ、それなら大丈夫かも。あたしが帰ってきたときにはドラマ見てたし、あれ二時間枠のやつだから。きっと台所に立ちながら見てると思う」

その言葉を聞いてホッとする。

「今日は運がいいな」

「それでも気を付けないといけないけどね。じゃ、行ってくる」

彩夏は脱衣所で手早く下着を身に着けると出ていった。

俺はすぐ着替えられるように、体を拭いて待機しておく。

数分もすると静かに彩夏が戻ってきた。

「オッケー、ママはまだテレビ見てるみたい」

「そうか、分かった。俺も早く着替えないとな」

彩夏が持ってきたのは、普段から俺が着ている無難なもの。

これなら美穂さんに見つかっても不自然には思われないだろう。

「よし、これでいいな！」

鏡を見ておかしいところがないか確認する。

髪はまだ少し濡れているが、なんとか誤魔化せるだろう。

そこでハッとして彩夏のほうを向く。

「俺は大丈夫だけど、彩夏はしっかり髪を乾かしたほうがいいだろう」

「えっ？　ああ、普段はゆっくり乾かしてるから……」

今は俺の着替えを取りに行ってもらうために、急いでいたからだ。

「ごめんな、迷惑をかけて。男の俺よりずっと量が多いし、万が一にも風邪でも引いたら大変だ」

「そんなに気にすることじゃないのに。でも、そうさせてもらおうかな。もう大丈夫だろうし」

そう言うと彼女がドライヤー片手に髪を乾かし始めたので、俺はひとり脱衣所を出る。

そして、リビングの前を通りがかったところで足を止める。

「美穂さん、夕飯の準備中だったな」

一応、バレてないか確認したほうがいいかもしれない。

もう服は着ているし、変に疑われることはないだろう。

扉を開けてリビングに入ると、テレビはまだついていた。

奥に台所があって、そこで美穂さんが料理している。

「健吾くん、どうかしたの？」

俺に気づいたようで声をかけてきた。

「いや、実は暇になっちゃって。何か手伝いでも出来ればなぁと」

台所に入ってコンロを見る。

どうやら今日はシチューを作っているようだ。

豚肉と野菜を煮込んでいる。

「まあ嬉しいわ。でも、包丁とか大丈夫？」

「大得意って訳じゃないですけど、自分のご飯を作るくらいはできますよ」

前は親父が家にいないことも普通だった。

料理しなければ強制的にカップ麺や冷凍食品が主食になっていただろう。

「あ、そうよね。彩夏もそこそこ出来るし……でも、息子に料理を手伝ってもらえるなんて素敵ね！」

同じ片親での家庭環境だったからか、俺の言葉はすぐ理解できたらしい。

特にそれ以上突っ込んだ話をする訳でもなく、かといって場の雰囲気が硬くなったりもしない。

似たような経験をしているからか、変に気を遣わずに済むのかもしれないな。

こんな感覚は初めてのことだった。

「健吾くん、そっちのレタスときゅうりを切ってもらえるかしら？」

「分かりました、サラダですね。適当でいいですか？」

「ええ、それでお願いね」

まな板の上にキャベツを乗せて、ざく切りにしていく。

包丁を握るのも久しぶりだった。

最近はずっと美穂さんが料理をしていたから。

「思ったよりずっと上手だわ」

「そうですか？　ありがとうございます」

「彩夏は焼いたり煮たりするのは上手なんだけど、包丁を使ってるときは見ていて危なっかしくて。昔は何度もヒヤッとさせられたわ」

「へぇ……なんとなく分かる気もします」

彩夏は不器用という訳ではない。

ただ、ときどき思い切りがよいというか、勢いがあるというか。

だから包丁を使うときも、どんどん切り刻んでいくだろうし、見ている側としては怖いかもしれない。

それから、俺は美穂さんと雑談しつつ料理を進めていった。

そして、そろそろ完成するかといったところで、彩夏がリビングに入ってきた。

髪はしっかり乾いているようで何よりだ。

「すんすん……あ、今日の晩御飯シチューなんだ」

「お風呂から上がったのね。ちょうどいいわ、彩夏も手伝ってくれる？」

「うん、いいよ。でも、あとはお皿準備するくらいだけど」

そう言いつつ台所にやって来て、食器棚を開ける彩夏。

前はふたり分の食器しかなかったそこも、今は倍増だ。

「そういえば、親父は待たなくていいんですか？」

時計を見ると夕飯には少し早い。
普段は四人で夕食を食べるのが慣例だ。
「宗一さん、今日は残業で少し遅くなるみたい」
「ああ、なるほど」
だからシチューにしたのか、と思った。
これなら温めなおしても美味しいままだ。
身内のことながら、親父は良い人を捕まえたなと思った。
まあ、俺や彩夏はそのせいで少し困ってしまっているんだけど。
「はいはい、これによそってね」
後ろから皿が差し出される。
白いお皿が二つと青いものが一つ。
前者が彩夏の家で使っていたもので、後者がうちで使っていたものだ。
今はまだ別々だけれど、いずれは同じ揃いの食器を使うことになるだろう。
細かいことだけれど、そういうところで少しずつ家族に慣れていくのかもしれない。
ただ、俺と彩夏の場合はそれがより一層深い溝になってしまう。
真の家族になればなるほど、恋人としては過ごしにくくなってしまうからだ。
俺はそうなる前に、彼女との仲を両親に認めてもらわなければならない。

「健吾くん、こっちはサラダのお皿ね」

「了解です」

切ったレタスときゅうりを盛りつけていく。

ドレッシングは好みが分かれているので、後でご自由にだ。

ちなみに親父がマヨネーズで俺と美穂さんが中華ドレッシング、彩夏は胡麻ドレッシング派だった。

四人で食卓を囲んだばかりのころは、些細な共通点でも見つかると、良い話のタネになったな。

最近は慣れてきているけれど、まだまだこういう発見は続くだろう。

支度がすんだら、そのまま三人で晩御飯にする。

シチューの味は普通に美味しかった。家庭の味というやつだ。

明日の朝も残っているだろうから、トーストにつけて食べようと思う。

「健吾、そっちのお茶取ってくれる？」

「ん？　ああ」

近くに置いてあったお茶のポットを彩夏に渡す。

「重いぞ、落とすなよ」

「大丈夫。子供じゃないんだから」

彼女は受け取ると、自分のコップにお茶を注いだ。

その様子を横で美穂さんが微笑ましそうに見ている。

「ふたりとも仲がよくなったわね。最初はとてもよそよそしかったけど」

その言葉に内心ドキッとしてしまう。

まさか見抜かれているとは思わない。そうだったらすぐ家族会議になっているはずだ。

ただ、彩夏との関係に言及されたのは初めてだった。

「そりゃ、クラスメイトでもあるからよ。いきなり兄妹だって言われてもね」

彩夏が落ち着いた様子で答える。

やはり彼女は俺より度胸があるな。

こういう場面では頼れると思う。

「ええ、そうですね。最初はどうしたもんかと思ってました」

困っていたのは事実だ。

まさか恋人になってすぐ家族になるなんて、思ってもみなかった。

それも、家族とはいっても夫婦ではなく、兄妹なんだから。

「ただまあ、一緒に暮らしている訳ですから、無視する訳にもいかないですし」

「健吾と話し合って、お互い気を遣うのは止めようってことになったのよ」

「四六時中気を張っていたら、体も精神もダメになってしまいますから」

俺と彩夏は顔を合わせて頷く。

これは前に取り決めた通りの説明だ。

「そう、ふたりがそう決めたのなら何も言わないわ。これからどうなっていくかも、ふたりにしか分からないもの」

「……ええ、そうですね」

それは確かにそうだと頷く。

けれど、俺たちの目的はすでに決まっている。

それを達成するために、ふたりで努力していく覚悟はあった。

「みんなが幸せになれる道を目指してます」

「そうね。私にできることなら何でも言って？　応援するわ」

「ありがとうございます」

穏やかな笑みを浮かべる美穂さん。

それを見た彩夏は、俺にしか分からない角度で苦笑いをしていた。

まあ、ある意味俺たちは、お互いの親の期待を裏切ってしまう。

親父も美穂さんも、俺たちに兄妹として家族になってほしいと思っているはずだ。

けれど、俺たちの望みのためにはそうはいかない。

「なんとかやってみます」

俺はそう言うと、残っていた夕食を口に運び始めるのだった。

◆　◆

風呂場での一件があってからも、俺と彩夏は家で兄妹を演じていた。

今のところ偽装生活は順調だ。

親父も美穂さんも、俺たちが恋人だなんて思ってもみないだろう。

ただ、安心して恋人としてふたりでゆっくり過ごせる時間は、なかなかなかった。

昼間は学校だし、彩夏とふたりきりになるのは簡単じゃない。

家に帰ってきても美穂さんの目があるし、夜は親父もいる。

この前のようにドラマや映画を見ていたり、寝ていたりしなければゆっくりは過ごせない。

普通の状態のときに二階でドタバタしていれば、バレてしまう。

そんな貴重な時間を見つけると、俺と彩夏は大抵の場合セックスする。

それが最もお手軽で、自分たちが恋人だと実感できるからだ。

例えば、ちょっとしたデートくらいなら仲のいい兄妹としても不自然じゃない。

気を遣う必要も薄いけれど、ふたりの満足度は低い。

やっぱり恋人らしいことがしたいのだ。

「健吾、今日一緒に帰らない？」

「もちろん」

「じゃ、あたし先に下駄箱で待ってるから」

ホームルームが終わると彩夏に声をかけられる。

せっかくのお誘いなので、手早く荷物を纏めて後を追うことに。

だが、教室を出るところで友人に声をかけられた。

「また一緒に帰るのか？　最近妹と仲いいのな」

「なんだよ、冷やかしか？」

「そうじゃない。ただ、クラスメイトと家族になるって色々複雑だし、正直もっとこじれるかと思ってたぜ」

「そんなにか？」

「前から時々ふたりで話してるのを見てたし、元々仲は悪くないと思ってたけどな。それでも家族となると別問題じゃないかって」

確かに、兄妹という関係に慣れるには、普通はもう少し時間が必要かもしれない。

この手の質問は何度か受けているので対応は簡単だ。

「いざ受け入れてみれば何とかなるもんだよ。ずっとよそよそしいのも嫌だろう」

「まあ、確かに家の中でも距離を置かれてたら居心地悪いしな」

「俺たち、意外と相性がいいのかもしれないなと思って」

「ははっ、そりゃ確かに意外だな。性格的には正反対だろうに。どっちかというと向こうのが姉っぽい」

遠慮なくものを言う奴だ。

まあ悪意は感じないし、同じようなことは何度か言われたことがある。

俺よりも行動的な彩夏のほうが姉っぽいってな。

「言いたいことは分かるぞ。兄貴って柄じゃないしな。実際、同い年だし兄貴らしいことも、妹らしいこともしてない。わざわざする必要もないだろうし」

「はぁ、そんなもんか。現実っていうのは結構つまらないもんだな」

「まったく失礼なやつめ」

俺はそこで友人と別れて彩夏と合流する。

「遅かったね。トイレにでも行ってたの？」

「友達に捕まってたんだ。行こうか」

そう彩夏を促して歩き始める。

下校中は学校でのことだったり、最近ハマってるゲームがどうこうと取り留めもない話をする。

学校では俺も彩夏も属しているグループが違うし、それほど頻繁に会話する訳ではない。

おかげで、お互いの話をするだけでもそこそこ楽しめる。

俺に取ってはなんてことない話でも、彩夏は興味深そうに聞いてくれるし反対も同じだ。

兄妹を演じているからこそ、恋人として相手を知りたいという気持ちが強くなるのかもしれない。

家に帰り美穂さんへ声をかけると、あとは大抵、リビングでくつろいだり美穂さんの手伝いをしたりする。

本当は一緒に過ごしたいけれど、あまりくっついていると疑われてしまうからだ。

今日は彩夏がリビングで過ごしていて、俺は部屋で宿題を片付けていた。

「彩夏のほうはもう終わってるのかな？」

今やっている宿題は提出期限が明後日だ。

後で一応聞いておこうと考える。

そのとき、スマホが振動してメッセージの着信を知らせてくる。

手に取って見てみると、彩夏からご飯が出来たという知らせだった。

「そう言えば腹が減ったな」

下に降りていくと親父も帰ってきてて、そのまま四人で晩御飯にする。

何事もなく食べ終えるとそのまま二階へ戻るのだが、彩夏が一緒についてきた。

「このまま健吾の部屋に言っていい？」

少しそわそわした様子で聞いてくる彩夏。

「親父もいるけど、あんまりうるさくしなければ大丈夫じゃないか。晩御飯のときに、今度の休みに出かける予定を立てるとか言ってたし」

新婚ということもあって、親父たちの仲はとてもいい。

最初は俺たち子供に遠慮していたけれど、最近はふたりで出かけることも多くなっている。

新しい生活や家庭環境、それに俺と彩夏の関係が安定してきたからだろう。

もちろん俺たちも一緒に家族全員で行くこともあるけれど、ごくたまにだ。

「ママたちに遠慮されちゃうと、あたしたちも申し訳ないしね」

「それについては同感だ」

おかげで土日は彩夏とふたりで過ごせる時間も増えたし、こっちにとっても利点がある。

ただ、それでも一週間に一度あるかないかなので、欲求不満が溜まってくる。

「……健吾、またエッチしてほしいな」

部屋の前まで来たところで彩夏がささやく。

万が一にも下へ声が届かないようにするためだろう。

けれど、こんなふうにささやかれると、これからすることがいけないことだと感じてしまう。

俺は無言で彩夏の腕を掴むと部屋の中に連れ込んだ。

しっかり扉の戸締りを確認してから、彩夏のほうを向く。

「あんなふうに言われると挑発されてる気分になるな」

「だって、あたしから言い出さないとしてくれないもん」

確かにセックスするときは彩夏のほうから言い出すことが多い。

けれど、かといって俺の性欲が薄いかといえばそんなことはないのだ。

「俺だって我慢してるんだぞ。あんまり頻繁にするとバレる」

「じゃあ……遠慮しなくていい環境だったら？」

「毎日だってベッドへ押し倒してる」

「ッ……♥」

正面から言ってやると彩夏の顔がほんのり赤くなった。

唇もキュッと結んで綺麗な形になっており、今すぐキスしたい。

「今日はどうしてほしいんだ？」

「なんでもいいから、早く健吾とエッチしたいよ」

「最高だ」

これほど求められて興奮しない男がいるだろうか。

ベッドへ連れていく僅かな間すら惜しい。

さりとて床に押し倒す訳にもいかないので、目の前にあるテーブルへ寝かせる。

「きゃっ！　あぅ……」

「痛かったか？」

「ううん。でもちょっとビックリしたかな」

「驚かせてごめんな」

話しながらも手が動く。

スカートめくり上げ、彩夏のパンツを露出させた。

「可愛いの履いてるな」

「今日は健吾を誘う気だったし……」

流石に少し恥ずかしいのか顔を反らす彩夏。

そんな仕草も俺の心をときめかせる。

「嬉しいな。彩夏、ほんとに可愛いよ」

俺はそのまま前かがみになるとキスする。

「んっ！　ぁ、んっ……ちゅ、ちゅ……んちゅっ♥　健吾♥」

彩夏もすぐ反応してくれた。

両手が俺の背中に回り、優しく抱き寄せてくる。

それにますます興奮した俺はキスを深くした。

「んちゅ、れる……んっ、んんっ♥」

「舌、もっと出せ」

「あぅ、れぇぇ……じゅるっ、れろぉ……じゅるるっ♥」

彩夏が少し恥ずかしそうに、はしたなく舌を伸ばす。

俺はそれを咥えると自分の舌を絡ませた。

いやらしい音を立てながら、俺たちの気分が高まっていく。

「はぁっ……はぁっ……もっと欲しいよぉ」

「ああ、俺も」

彩夏の甘い声に導かれ、そのまま何度もキスする。

最初はキスに夢中になってしまい、手が止まったままだった。

スカートをたくし上げた手でそのまま下着に触れる。

「あ、んっ♥　そこっ……あむ、んんっ♥　れろ、れろ、んちゅっ♥」

彩夏の口から声が漏れるが、すぐキスで塞ぐ。

下着越しに秘部へ触れると彩夏の足がビクッと震えた。

割れ目に沿うように指先でスリスリと愛撫していく。

「んぁっ、ひゃ……ダメ、それぇ……あっ、んんっ♥」

「気持ちよさそうじゃないか」

彩夏が感じている姿を見ていると俺も興奮してくる。

特に、今日は彼女のほうから誘ってもらったから尚更だ。

「可愛い下着までそれ用に準備してるなんて、ご飯食べるときからセックスのこと考えてたんじゃないか？」

「さ、流石にそこまでじゃ……ん、あっ……はぅ、あんっ♥」

指をぐっと割れ目に押し当てる。

感度がよくなっているようで、彩夏の反応も大きい。

「はひっ、はぁっ♥ ん、あ、はぁっ……ふぅ、くぅぅっ♥」

彩夏の甘い声で頭の中がいっぱいだ。

ずっと聞いていたいと思ってしまう。

気持ちよさそうな喘ぎ、恥ずかしそうな喘ぎ、唸るような喘ぎまで。

全部揃えて聴き比べてみたい、なんてちょっと変態的だろうか。

まあ、隠れて録音なんてしたら、絶対怒ると思うのでやらないけれど。

「はっ、あぅ……ふぅ、ふぅ、ふぅ……♥」

指の動きを止めると彩夏の息が荒くなっていた。

俺を見上げる目も興奮で潤んでいる。

「はぁ、んっ、健吾ぉ……もう、ちょうだいっ！」

「何が欲しいんだ？」

「い、いじわる……」

元々少し潤んでいた目が涙目になってしまう。

ちょっと可哀想に思えてしまうけど、こんな顔も素敵だ。

「すぅ、はぁ……け、健吾のおちんちん、欲しいの……エッチしたいのっ！」

その言葉を聞いて思わず口元が緩んだ。

「じゃあ、満足するまで付き合わないとな」

俺はチャックを下ろして肉棒を取り出す。

そして彩夏の下着をずらすと、膣内へ挿入していった。

「あっ、ひゃんっ！　んっ、ああっ♥　熱いの、入ってきてるっ♥」

肉棒はズブズブと奥まで咥え込まれていった。

やはり興奮していたからかよく濡れている。

最奥まで挿入すると、そのまま動き始めた。

「あっ、んんっ……はぁ、ふぅ……あうっ♥」

腰をぴったり押しつけると、彩夏の口から甘い声が漏れる。

お互いのものが擦れあって、絶妙に快感を生み出していた。

「はぁっ……はぁっ……ん、あうっ♥ エッチ、気持ちいいっ♥」

「ああ、俺も気持ちいいよ彩夏」

喘ぐ彼女を見下ろしながら続けて腰を振る。

ピストンのたびに愛液が結合部からあふれ出てきた。

グチュグチュといやらしい水音が立ち、それが興奮を助長する。

「あたし、こんなにエッチな音……」

「思ったよりずっとエッチしたかったみたいだな」

「うぅ、恥ずかし……はぁっ、あぅ……はっ、くぅぅっ♥」

羞恥心からか、膣内がキュッと締めつけてくる。

その変化感じると、より喘がせたいと思ってしまう。

「彩夏、もう少し強くするぞ」

「えっ？ な、待って！ あぅ、ひんっ♥ ひゃ、ああっ……んくぅぅっ♥」

彼女は止めようとしたけれど、俺も我慢出来ない。

もっと彩夏が喘ぐところを見たい。

俺だけが見られるエロい姿を、目に焼きつけたかった。

「はぁっ、んっ、あっ、ああっ♥ んんっ、はっ、はっ、うぅぅぅぅ♥」

ズンズンと勢いよく奥まで肉棒を突き込む。

膣内の締めつけも強いけれど、興奮でガチガチになった肉棒は阻めないな。

「んっ、ああっ♥　はぅ、はぁっ……ひっ、んくっ、あうぅぅっ♥　ひゃっ、あぁぁっ♥」

いつもより激しいピストンに彩夏の喘ぎ声も大きい。

「あんまり大きいと下の親父たちに聞こえるぞ？」

「んぐっ、健吾が激しくするからっ！　はぐっ、んんっ……はっ、ひうっ♥」

やっぱり快感には勝てないらしい。

それでも出来るだけ声を抑えようとしているところが、微笑ましく見えてしまう。

そうさせている原因は俺なので、後で謝らないと。

「彩夏、もっと激しくするぞ」

快感で震える足を両手で掴み、大きく開かせる。

「あぅ、やっ、だめぇっ♥　足、こんなに……ひゃん、これ、恥ずかしいからっ……あひゅっ、あうっ♥　あっ、あぁぁぁっ♥」

彩夏はイヤイヤと首を横に振る。

けれど、肉棒を奥まで突き込むとすぐ気持ちよさそうな声に変わった。

指もヒクヒクと震えて、完全に快感で参ってしまっているみたいだ。

「彩夏、すごくエロいし可愛いよ」

「そんなに見ちゃやぁ……んっ、あうっ♥　はっ、あぁっ、気持ちいいのっ♥」

背中に回されている手に力が籠る。

彼女の快感がどんどん強まっているのが分かった。

「ふっ、あぁっ♥　んっ、あんっ♥　あんっ♥　やっ、あぁぁっ♥」

「すごいな、中がギュウギュウ動いてるっ！」

「気持ちいいのっ♥　健吾のおちんちん、奥まで来てっ……ひゃう、んぐっ♥」

だんだんと喘ぎ声も大きくなってきてしまっている。

それだけ快感が強くて、限界に近づいている証拠だった。

「はぁっ、はぁっ、はぁっ♥　イ、イクッ♥　もうイっちゃうよっ♥♥」

とうとう我慢出来なくなったのか、彩夏がそう訴える。

「イキそうか？　じゃあ、最後に思いっきり気持ちよくしてやる！」

俺も気持ちが高まり、これが最後だと遠慮なく腰を打ちつける。

「ひゃいいっ⁉　はっ、うぅうっ♥　太いの、奥まで当たってるっ……ダメッ、イクッ♥」

「出すぞ！　彩夏の中から溢れるくらいにっ！」

「来てっ、出してっ♥　一緒にイクッ♥　あっ、ひゃっ、あぁあぁぁぁっ♥♥」

その瞬間、彩夏の全身がギュッと強張って絶頂する。

「んんっ、くうううぅぅ～～～ッ♥♥」

「彩夏っ……！」

同時に、俺も絶頂で震える膣内へ射精していった。

お互いの境目が分からなくなるほどドロドロの快感の中、彩夏の中が満たされていく。

「ひっ、あっ……ぉ、んうっ♥　はぁっ……ふぅ、くっ……んっ♥」

射精は終わっているはずなのに、まだ絶頂が続いているみたいな気持ちよさがあった。

彩夏を潰さないように気を付けながら、彼女の肩を抱き、声をかける。

「だ、大丈夫か？」

「はぁっ……はぁっ……♥　うん、なんとか……ふぅ……」

お互いに顔を見合わせると、どちらともなくキスする。

「んっ……健吾、すごい気持ちよかった♪」

「ああ、俺も。よかったよ」

兄妹を演じている日常の中で、こうして体を重ねているときだけ強く恋人であると感じられる。

バレてしまうかもしれないという危機感はあるけれど、きっと止められない。

俺はそのまま彩夏の体を抱きしめながら、このままずっと恋人でいられたらいいのにと思うのだった。

第三章 深まる恋人の絆

家族になってから、一つ季節が変わるほどの時間が経っている。

俺と彩夏の偽装生活はおおよそ順調に進んでいた。

そう、おおよそだ。最近少し問題が起きている。

「健吾、最近彩夏ちゃんの部屋によく行ってるな」

それは休日の昼食時、親父の口から出た言葉だった。

いきなり俺と彩夏のことに言及され、内心少しビクッとしてしまう。

「えっ、親父、気づいてたのか？」

あえて誤魔化すようなことはせず、驚いたように聞き返す。

「この前、夜中に彩夏ちゃんの部屋へ入るのを見かけてな」

うちは二階に俺と彩夏の部屋があるが、それ以外にも親父の資料部屋がある。

元々仕事で使う資料を纏めてある部屋だが、今は半分物置だ。

以前物置として使ってた部屋が、彩夏のものになったからな。

親父がそこに出入りするのは自然だ。

俺と彩夏の部屋から見たら反対側なので、見られているのにも気づかなかったか。

「仲良くなってくれたのは嬉しいけど、大丈夫か？」

「ああ、学校のことで色々と。学年はもちろんクラスも同じだし、相談したり手伝ったり都合がいいんだよ」

「ふぅん、なるほど……」

前から考えていた通り説明する。

いつかはこういう質問をされると思っていたので、何パターンか用意していた。

「彩夏、まさか宿題写し合ったりしてないでしょうね？」

ここで心配そうに美穂さんが口を開く。

「えー、流石にそこまではしてないよ。というか、普通に先生にバレるし」

「そうですね」

担任はもちろん、他の教師も俺と彩夏のことは知っている。

生徒同士が再婚で兄妹になるなんて珍しいからな。

同じ回答の宿題を提出したら、すぐバレてしまうだろう。

ただ、身近に問題を共有できる人がいるのは何かと便利だ。

「そういうことならいいけれど。仲がいいのは嬉しいわ」

「昼間はともかく、夜遅くまでふたりそろって起きているのは感心しないな」

「はーい、分かりました」

「これからは気を付ける」

とりあえずこれで親父たちは納得したようだ。

とはいえ、少しマズいかもしれない。

夕食を終えた後、さっそく彩夏の部屋を訪ねる。

話すことはもちろん先ほどのことだ。

「しばらくは、家でアレコレするのは止めたほうがいいかもしれないな」

「そっかぁ……でも、どれだけ我慢するの？」

「ううむ……」

具体的な期間を言われると難しい。

俺だってずっと彩夏とイチャイチャ出来ないのは嫌だ。

単純に我慢するより別の解決法を見つけたほうが良さそうだ。

「部屋以外でも少し試してみるか」

「え、どういうこと？」

「俺に考えがあるんだ。実は、前からやってみたかったこともあってさ」

「へぇ……危ないことじゃないわよね？」

「大丈夫。少なくとも、警察に捕まったりはしないよ」

「それならいいけど……大丈夫かな」

彩夏は少し不安そうな表情だ。

とりあえず俺に任せてくれるそうなので、頑張らせてもらおう。

俺は自分の部屋に戻ってから、さっそく計画を立て始めるのだった。

◆　◆

数日後、放課後の学校。

ホームルームが終わった後、俺は彩夏を連れ出していた。

「荷物は教室に置いてきちゃったけど、よかったの？」

「ああ。下校時間を過ぎてまで残る気はないし、すぐ戻れるよ」

隣を歩く彩夏の質問に答える。

彼女はさっきからソワソワしていた。

落ち着かないというか、なんだか不安そうだ。

「……もしかしてなんだけど、学校でしちゃう気なのかなぁ」

「なんだ、鋭いじゃないか」

「やっぱり！　……ねえ、本気なの？　だってまだ人がいるし」

彩夏が俺に近づき、声を潜めて問いかけてくる。

周りを見ればまだ生徒たちがたくさんいた。

よく探せば教師の姿も見つけられるかもしれない。

確かに慎重になる気持ちもわかる。

「でも大丈夫だ。ちゃんと下見してきたから」

「……じゃあ、とりあえず場所を見るだけなら」

しぶしぶ、といった様子でついてくる彩夏。

どう判断するかは、場所を見せた後で決めてもらおう。

そのまま普段は通らない廊下を歩き、人気のないところまで進んでいく。

そして、ある教室の前まで来ると無造作に扉を開けた。

「鍵とか掛かってないの？」

通常の場合、普段使わない教室は鍵が掛かっている。

「どうもここの鍵は前から壊れてるらしい」

「直さないの？」

「使用頻度が低いし、中に何もないからな。後回しになってるんだと思う」

実際に中に入ってみると、あるのは教卓と生徒の机、椅子だけだ。

しいて言うなら、後ろのロッカーに掃除道具が入っているくらいか。

盗むような価値があるものも、壊されて困るものもない。

「よく、鍵が壊れてるなんて情報を手に入れられたね」

「知り合いに教えてもらったんだ」

「運がよかったんだね」

「まあ、実際に使うかは彩夏次第だけどな」

そう言って彼女を見る。

「どうだ？　ここなら他の生徒の目もない。トイレも近いし」

「そうだねぇ……」

彼女はそう呟きながら辺りを見て回る。

廊下の人通りをチェックしたり、窓から外を見たり。

一通り調べた後、俺のほうへ近寄ってくる。

「まあ、健吾がせっかく見つけてくれた場所だし、一回くらいしてみてもいいかな」

「そう言ってもらえると探してきた甲斐があったよ」

学校でするなんて、提案しても半分は断られるだろうと考えていた。

ただ、どうせなら一度やってみたいと思ってたんだ。

「制服着たまま学校でエッチするなんて、思ったよりドキドキしちゃうね♪」

「俺も同じ気分だよ」

近くにあった椅子に腰かける。

すると、彩夏は俺の足に跨ってきた。

「おっと、大胆だな」

「どうせなら思いきっちゃえってね♪」

至近距離で正面から見つめ合う。

「ふふっ……やっぱり、ちょっと恥ずかしいかも」

少し顔を赤らめる彩夏。

間近で恋人の顔を見つめていると、確かに少し恥ずかしい。

ずっと見ていたいという気持ちもあるけれど、相手に見られていることを意識してしまう。

「俺だって、彩夏にそんなふうに見つめられると恥ずかしい」

「じゃ、お互い様だね。このままだと恥ずかしくて動けなくなっちゃいそうだし……」

彩夏の手が俺の背中に回る。

やっぱり、今日はなかなか大胆だな。

「健吾、あたしのこと色々触って？」

「いいのか？」

「うん。あたしも、したくなったらするから」

そういうことなら、まずは俺のほうからさせてもらおう。

両手で制服のボタンを一つずつ外していく。

「んっ……やっぱり最初はそこから？」

「まあね」

ボタンを外すと、シャツを少しはだけさせる。

すると、下着に包まれた白い巨乳が見えた。

「やっぱり彩夏のおっぱいは大きいなぁ」

「まあ、クラスでは一番だし。学年でも上位じゃないかな？」

「スタイルも加味すれば学校一だよ」

男子たちの誰もが直に拝みたいと思っている巨乳だ。

もちろん、俺以外の男に見せるつもりはないけれど。

綺麗な肌が見えたところで、下から支えるように揉み始める。

「最初は優しくね。ふぅ……ん……はぁっ……」

ゆっくり、慎重に、時間をかけて感触を堪能する。

別に彩夏は逃げないのだから焦る気持ちもない。

「このまま手がくっつきそうなほど気持ちいいよ」

「ふふっ、それは流石に困っちゃうなぁ」

彩夏の乳房は見た目通り重量感があり、とても柔らかい。

少し力を込めただけで指が沈み込んでしまいそうだ。

それでいて、直に触れれば肌には張りがあるので触り心地も抜群。

欠点のつけようがない、最上級のおっぱいだった。

「本当にこのままずっと触っていたいくらいだ」

「さ、さすがにずっとは困っちゃうよ。胸ばっかりじゃ寂しいし……」

若干拗ねるように言う彩夏。

巨乳を堪能するあまり、少し機嫌を損ねてしまったかもしれない。

「ごめん彩夏。もちろん一番興奮するのはセックスだよ。彩夏に喜んで貰わないと満足出来ない」

そう言って彼女を慰める。

それで少しは機嫌を直したのか、顔を上げるとそのまま近づけてくる。

「じゃあ、あたしからもするね！」

直後、彩夏に唇を奪われた。

「ん、むぅ……」

「ちゅっ、あむぅ……あんまり動いちゃダメだよ」

そう言いつつ彼女はキスを続けた。

俺はキスを受け止めながら愛撫を続ける。


「あぅ、ひゃっ……んんっ、あっ♥　敏感なところ、あんまり弄っちゃダメ♥」

胸を揉みつつ、指先で敏感な乳首を刺激する。

ここは感じやすいようで、すぐいやらしい声が漏れ始めた。

「やっ、あんっ♥　はぁっ、はぁっ……ん、ふぅ……んんっ♥」

「彩夏、俺も興奮してくるよ」

「んちゅ、れる……あたしも、気持ちいい……れろ、ちゅぅ、んぁっ♥」

お互いにだんだんと興奮してくる。

俺も股間のあたりが熱くなり、肉棒が勃ち上がっていくのを感じた。

ズボンから取り出すと、彩夏の目の前に勃起したものが現れる。

「あっ、すごい……もうこんなにガチガチ……♥」

「んぐ……彩夏、もう入れていいか？」

「ちゅ、あむ……いいよ、あたしも健吾のおちんちん欲しいっ♥」

恋人に間近でこんなことを言われたら、どんな男だって性欲が滾《たぎ》ってしまうだろう。

俺も心臓の鼓動がドクドクと強くなっていくのを感じた。

手を動かしてスカートをめくる上げると、そのまま下着をずらす。

露《あらわ》になった秘部は興奮で濡れていた。

「はぁっ……はぁっ……あたし、もう我慢できないよっ♥」

「ああ、俺もだ。中に入れるぞ彩夏」

彼女の腰を少し浮かせると、秘部に勃起したモノを突き込んだ。

「あっ、ひうっ♥　んぁっ……あ、熱いっ♥」

ヌルヌルの膣内を肉棒がかき分け奥まで進んでいく。

蕩けてしまいそうな柔らかさと温かさで、信じられないほど気持ちいい。

そして、俺と彩夏の腰がピッタリ密着した。

肉棒は根元まで挿入され、ぎゅっと圧迫されている。

「ん、んんっ……♥　これ、深いとこまで入ってるよ♥」

腕を首に回し、ギュッと抱きついてくる彩夏。

ちょうど耳元で囁かれる位置になるから、エロい声を聴いてさらに興奮してしまう。

頭に直接流れ込んでくるような感覚はゾクゾクしてたまらない。

「健吾のおちんちん、ビクビク震えて気持ちよくなってるんだね♥」

返答の代わりに頷くと彼女は嬉しそうに笑う。

「ふふっ、嬉しいなぁ……あっ、んんっ……はっ、あんっ♥　奥の、一番敏感なとこまでハマってるっ♥」

「俺も感じてるよ。彩夏の奥までしっかりな」

「ちょっと恥ずかしいかも……でも、いっぱい気持ちよくなってね♥」

そう言うと、彩夏は腰を動かし始める。

俺の体へ押しつけるようにしながら、ゆっくり上下にピストンした。

「んっ、あっ……はうっ♥　健吾のおちんちん、気持ちいいよっ♥」

敏感になった膣内で肉棒が擦れて気持ちいいようだ。

彩夏は感じながらも動きを止めず、肉棒の感触を味わうように腰をくねらせる。

「はっ、ふぅっ……ん、あんっ♥　はぁ、はぁ……あうっ……んっ♥」

「彩夏の腰、すごいエロく動いてる」

「やぁ……そんなこと言わないでよぉ……」

俺の言葉に顔を赤くする彩夏。

自分でも、こうして腰を振っているのは恥ずかしいらしい。

けれど、動かすこと自体は止めない。

竿が半分ほど抜かれるまで腰を持ち上げて、そこから根元まで咥え込むように腰をおろす。

「あっ、んんっ♥　気持ちよくて、腰が動いちゃうっ……あぁっ、はっ、あんっ♥」

喘ぎ声と共に何度も腰を上下に動かす。

「彩夏の中、ギュウギュウ締めつけてくる」

彼女の興奮が体に影響を与えるのか、膣内の締めつけも先ほどより強くなっていた。

肉棒に絡みついて精液を搾り取ろうとしてくる。

「くっ……こんなの、我慢出来ないぞ！」

腰の奥から熱いものが湧き上がってくる感覚がする。

彩夏の腰振りに合わせてドクンドクンと下半身へ血が集まっているようだ。

「あっ、ひぅっ……んくぅぅっ♥　はぁっ、はぁっ、おちんちん好きっ♥」

一方の彩夏も夢中になって腰を振っていた。

「はぅ、あぁっ♥　健吾も、もっと気持ちよくなってっ♥」

「もう十分気持ちいいよ。これ以上は頭がおかしくなりそうだ」

両手で彼女の体を支えながら答える。

彩夏とこうして体を重ねているだけでも十分嬉しいし、とても興奮する。

彼女のほうから積極的にしてくれているならなおさらだ。

「彩夏……ふぅ、はぁっ……」

「んっ、健吾っ♥　ちゅ、あむ……んん、あぁ……あむっ♥」

快感で喘いでいる姿を見ていると背筋がゾクゾクした。

顔が近くにあるのをいいことにキスすると、彼女も嬉しそうに舌を絡めてくる。

おかげで興奮も快感も倍増だ。

上でも下でも繋がっている満足感がたまらない。

「はっ、あぅっ……んっ、くぅぅっ♥　イクッ、あたしイっちゃうっ♥」

「イくんだな。俺もイくぞ、全部彩夏の中にっ！」

「うん、欲しいよっ♥　全部ちょうだいっ、残さず全部出してっ♥」

彩夏が足で俺の腰を挟み、絶対離さないとばかりにホールドしてくる。

そのしぐさにより興奮してしまい、絶頂までの余裕がなくなった。

「彩夏っ！」

「イクッ、イクイクッ♥　あひっ、はっ……んぐっ、ううぅぅっ♥」

絶頂の瞬間、お互いに相手の体を抱きしめる。

「イックウウウゥゥウウウウゥゥゥゥゥッ♥♥」

ビクビクビクッと膣内が強張り、一気に締めつけてきた。

その刺激で俺も射精する。

「つぐぅぅ！」

肉棒で最奥まで突き上げながらの中出し。

背筋から頭まで快感が突き抜けたようだった。

「ひっ、ううっ……あぁぁ……ひゃぁ……♥」

深い絶頂に至った彩夏はそのまま俺の体に倒れ込んでくる。

俺はそれを支えながら、ゆっくり彼女の背中を撫でた。

「はぁっ……ふぅっ……健吾、大好きだよ……♥」

呟くように言葉を発する彩夏。

「俺もだよ彩夏」

それから、俺は彼女が落ち着くまでずっと抱きしめるのだった。

◆　◆

ある日の放課後、俺は彩夏を誘って帰路についていた。

なかなかふたりきりの時間を作れない俺たちにとって、家に帰るまでの時間も貴重だ。

両親の目もないし、知り合いに出会っても兄妹だからと説明すれば済む。

家が同じなのだから一緒に帰っていても何も不思議じゃない。

事情を知らない傍目にはカップルにしか見えないかもしれないけどな。

「あむっ……ん～♥　このアイス美味しいね！」

隣を歩いている彩夏は甘いソフトクリームを食べてご満悦な表情だ。

もちろんお代は俺の財布からなので、二重の意味で美味しいだろう。

「健吾は本当に要らなかったの？」

「ああ、俺は食べたい気分じゃなかったし」

小遣いの支給日から日が経っていないので財布的にそこまで痛くはない。

ただ、どうも甘いものが食べたい気分じゃなかった。

「家に買い置きしてある菓子があるから、そっちにする。今はしょっぱいものが食べたい気分なんだ」

「ふーん、塩辛アイスとかもあったけど？」

「奇をてらったようなフレーバーには手を出さない主義なんだよ」

「チャレンジ精神は大事だよ！　あむっ、はむっ！」

そんなことを言いながらガツガツとアイスを食べる彩夏。

あまりお上品な食べ方より、こっちのほうが似合うな。

まあ、そもそも買い食いだし、お上品も何もないが。

「あんまり急いで食べるとお腹を壊すぞ」

「大丈夫だって。んっ……はい、ごちそうさまでした」

「お粗末様」

アイスを乗せていたコーンまですっかり綺麗に食べてしまった。

なかなか美味しかったようで満面の笑みを浮かべていた。

この顔を見ていると細かいことは気にならなくなる。

「えっ、ゴミ箱ゴミ箱……あ、公園にあるかな？」

ちょうど近くに公営の運動公園があったのでそこへ入っていく。

運動公園というだけに野球やサッカーの出来るグラウンドもあって、なかなか広い。

広場のほうは学校帰りの子供や学生で賑わっているようだ。

「ゴミ箱発見っと」

紙くずをゴミ箱へ投げ入れる彩夏。

俺はそれを横目に、公園の案内図を見ていた。

そして、図の一角に目を付ける。

「ふぅん……」

今日は特に予定もないのでこのまま帰るつもりだったけれど、少し寄り道していくのもいいかもしれない。

予定変更を考えた俺は、広場のほうを見ていた彩夏に声をかける。

「彩夏」

「ん、どうしたの？」

「ちょっとついて来てくれないか」

「？　いいけど」

首をかしげながらも、疑うことなく俺についてくる。

そのままふたりで公園の奥へ向かう。

道を進んでいくと小さな森のようになっていて、だんだん薄暗くなってきた。

「ねぇ、先に何があるの？」

「ちょっと面白そうな場所があったんだ。雰囲気が悪そうだったら止めるよ」

そのまま少し歩いていると建物が見えてくる。

「あれは……うん？　トイレ？」

彩夏の言う通り、それは公園に設置されている公衆トイレだった。

建物はそこそこ大きい。中も広いだろうか？

覗いてみると人の気配はまったくなかった。

思ったより綺麗で清潔感もある。

最近ここを利用した人もいないようだ。

「これはちょうどいいな」

「健吾、トイレ行きたかったの？　別にひとりで行けばいいのに」

「そうじゃないんだよな」

「えっ⁉　な、なに……ちょっと！」

彩夏の腕を捕まえるとトイレの中に連れ込む。

「ここ男子トイレだよ？　あたしが入っちゃマズいって」

「どうせ誰も入って来ないよ」

ここは人通りの多い道からは離れている。

しかも、周りに何もないからわざわざ近寄ってくる人もいない。

あるとすれば、散歩していて通りがかったときに、ちょうどトイレへ行きたくなったときくらい。

そんな偶然はそうそうあるもんじゃない。

実際、床も洗面の周辺も綺麗なもんだ。

「だからって……」

「それに、ただ引っ張ってきた訳じゃない」

俺はそのまま彩夏を個室の中へ案内する。

案の定そこも綺麗なものだった。

古ぼけていて、ところどころ錆び付いたりはしているけれど。

「たまには雰囲気を変えて楽しみたいと思って」

「まさか、それって……」

ここで彩夏は俺の目的に気づいたようだ。

「セックスするときは大抵家ばっかりだったから、マンネリになるだろう？」

腰に手を回して抱き寄せる。

「んっ！　健吾、本気なの？」

彩夏が間近から見上げてくる。

このアングルで見る顔も可愛いな。

「もちろん。少しスリルがあるほうが面白いじゃないか」

「まさか、健吾がこんなことを言いだすなんて……」

「彩夏が嫌ならすぐ出ていくぞ。不快にはしたくないし」

最低限そこだけは守るつもりだ。

「……誰か来たら隠れなきゃダメだよ？」

「了解」

どうやら彩夏もやる気になってくれたようだ。

俺は一度外の様子を見て人の気配がないことを確認すると扉を閉め、鍵をかける。

「これで誰も入ってこれないな」

「う、うん」

さすがの彩夏も緊張しているようで返答がぎこちない。

けれど、いつもは見せないそんな姿を見れるのは俺的に眼福だ。

「じゃあ早速」

「あ、ちょっ……んんっ！」

手始めに彩夏の唇を奪う。

最初は驚いて反射的に抵抗した彩夏も次第に大人しくなる。

「あぅ、ん……ちゅ、んぁ……ちゅっ……♥」

舌を中に入れると向こうも反応してきた。

お互いに舌を絡めていやらしいキス音がトイレに響く。

「れろ、ちゅっ……これ、ドキドキするね。静かだから音が響いちゃう」

「反対に考えれば誰か来たときにすぐ分かるってことだ」

「健吾がエッチに夢中になってなければね」

「確かにな……気を付けるよ」

苦笑いしながらも頷く。

彩夏は俺を信用してくれているんだから、しっかり注意しないといけない。

「んぅ、れる、ちゅっ……はぁっ♥　で、どうするの？」

「床に寝転がる訳にもいかないしな。壁に手をついて」

「うん、分かった」

彩夏は頷くと俺に背を向ける。

両手を個室の壁に押しつけて少し前傾姿勢になると、お尻をこちらに突き出す。

「これでどう？」

「自分から言っておいてなんだけど、誘われてるみたいで興奮する」

「うっ、恥ずかしいこと言わないでよぉ！」

「ごめんごめん」

正直に言ってしまったのが悪かったのか、彩夏が恥ずかしがって顔を赤くする。

彼女の気が変わらないうちに始めてしまうことにした。

「下脱がすぞ」

スカートをめくり上げると、下着を膝まで下ろす。

「あぅ……なんだかスースーする」

「出入り口に扉ないし、外の空気が入ってきてるからかもな」

風邪をひくほどじゃないと思うけれど、肌寒いかもしれない。

早く温めてやろうと思い尻に手を伸ばす。

「んっ……」

日に焼けていない白い綺麗な肌だ。

スベスベしていて触れているだけでも気持ちいい。

そのまま撫でるように感触を楽しむ。

「触り方、いつもよりいやらしい……」

「ごめん、つい。触れてるだけで気持ちいいんだ」

実際、いつまでだって撫でていられそうだった。

今度は撫でる代わりに力を入れて揉む。

指先までゆっくり力を入れてマッサージするように刺激する。

「あぅ……んっ、はぁ……♥」

すると彩夏の息にも熱が籠ってきた。

少し興奮してきたかな。

「はぁ……はぁ……健吾、触ってるだけで気持ちいい？」

「ああ、十分気持ちいい。けど、もっとエロいこともしたいな」

手を動かして股間の割れ目に触れる。

「あんっ！　はぅ、あっ……そこ……ん、はぅ……♥」

「彩夏の体、かなり敏感になってるかな。少し刺激しただけで反応する」

割れ目に沿うように指先を動かす。

すると、それだけで彩夏の背筋が震えた。

「外だから普段と違ってエッチな気分になってるのか？」

「だ、だって……緊張しちゃって……」

「スリルはあるよな。俺だって、この状況を見られたら恥ずかしいし、警察呼ばれるかも」

女の子を公衆トイレに連れ込んでパンツを脱がしている時点でアウトだ。

注意しているから限りなくゼロに近いけれど、完全にゼロじゃない時点でスリルがある。

その緊張感のせいで快感に対して敏感になっているのかもしれない。

「俺は彩夏がエッチな女の子になってるみたいで興奮するよ」

「なっ、やっ……んくぅっ♥　はっ、あぅ……やんっ♥」

何度も指を動かしていくと奥から愛液が溢れてくる。

普段愛撫して濡れてくるよりずっと早い。

「こんなにすぐ濡らしてエッチだな」

「うぅ……健吾だって、こんなこと提案する時点で変態だし……」

「ははは、それは否定できないな」

俺は笑いつつも愛撫する手は休めない。

そのまま彩夏の秘部を、愛液でびしょびしょになるまで責める。

「んぁっ、はっ……くぅっ♥　はぁっ、はぁっ……ん、あぁ♥」

「もう十分濡れてきたな」

指を引くと透明な糸が引いている。

これだけ愛液が出ていれば、中はもっとドロドロになっているだろう。

もうセックスの準備は万端だ。

「そろそろ入れていいか？」

「はぅ、ふぅっ……うん、いいよ」

彼女が頷くのを確認するとズボンのベルトを緩める。

彩夏の感じる姿を見て肉棒はガチガチになっていた。

そのまま肉棒を秘部に押し当てて挿入する。

「んくっ！　はっ、あぁっ……んっ♥」

案の定、膣内はよく濡れていた。

腰を前に進めるとどんどん奥まで挿入されていく。

「はうっ、ううっ……んっ、くぅ……あんっ♥」

「ふぅ……中まで入ってるぞ」

「はぁ、はぁ……感じるよ、健吾のおちんちん」

少し息が荒くなっているけれど彩夏は大丈夫そうだ。

俺は彼女を支えながら腰を動かし始める。

「あっ、んっ♥　はぁっ……はぁっ……はぁっ……♥」

最初は慎重に、ゆっくりピストンさせていった。

濡れた膣内の調子を確かめるように。

彩夏のほうも特に苦しそうな様子もなくいい感じだった。

「ほんとに外でセックスしちゃってるな」

「んく、はっ……健吾が誘ったからだよ」

「彩夏だって少しはやってみたいとか、思ったことあるんじゃないか？」

「そ、そんなことないって！　はぁ、ふぅっ……あぅ、んっ……♥」

肉棒を奥まで突き込むと彩夏の口から声が漏れた。

嬌声が溢れて、つい出てしまったような声音だ。

愛撫で十分に解れていたからか、挿入してすぐに感じ始めたらしい。

「んぁ、はっ……ふぅ、はぁっ……あぅ、ううっ……♥」

そのまま腰を動かし続ける。

すると彩夏の嬌声もだんだんはっきりしてきた。

「はぁっ……はぁっ……くぅうっ……あうっ……あひぃっ……ふぅっ……あんっ♥」

公衆トイレの硬い壁に声が反射して響いているみたいだ。

「彩夏の声を聴いてるとこっちも興奮してくるよ」

「あ、んぅっ♥　す、好きで出してる訳じゃ、ないのにっ！　あひぃっ♥　あぁぁっ♥」

ズンズン、と奥を突くと分かりやすく反応する。

声と同時に膣内も締めつけて、気持ちよくなっていると伝えてきた。

「感じてる彩夏、すごくエロいなぁ」

普段のセックスでも見ているけれど、場所が場所だから寝室とギャップがあっていい。

こんなところで犯されて感じてしまっている。

その姿を見て興奮していると背徳感を覚えてしまった。

「公衆トイレの、しかも男子トイレでこんなエロい姿を晒してるなんてさ」

「あうっ……ふぅっ……あんっ♥　くぅっ……あひぃっ……あぁぁっ♥」

「いいよ彩夏、もっとエロい姿を見せてくれっ！」

興奮すると自然と腰の動きも速くなってしまう。

パンパンと腰を打ちつけ、肉棒を膣内に何度も擦りつける。

「ひゃっ⁉　んぐっ、あぁっ♥　それっ、強いのダメぇっ♥　んぁっ、はぁっ、くうぅっ♥」

いいところに当たったのか、ひときわ大きな声が漏れる。

同時に膣内もギュギュっと締めつけて気持ちいい。

「ふぅ、はぁ……今のは、もしかしたら外まで聞こえてるかも」

「えっ……や、ダメ、ほんとに……んんっ！」

それでも俺はピストンを止めない。

彩夏はとっさに片手を口元に当てて、声を抑えた。

おかげで声がくぐもったものになり、少なくとも外には聞こえなくなる。

「声を我慢してる彩夏も可愛いよ」

嬌声は小さくなったけれど、その代わり膣内の動きが活発になった。

声という形で外に発散できない快感が体の中を巡っているみたいだ。

「はっ、ううっ……ん、ぐっ……はぅ、あっ、ううぅっ♥」

ズンズンと膣内を突き上げられながら悶える彩夏。

快感が全身の隅々まで回っているのか、足がヒクヒクと震え始めた。

そこまで気持ちよくなっているのかと思うと、こっちも嬉しくなる。

少し前傾姿勢になると、彼女に耳元で声をかけた。

「彩夏、もっと感じてる姿を見せてくれ」

「んぅっ⁉　ま、待って……や、んっ……くぅぅぅぅっ♥」

体を戻すともう一段階ピストンを強くする。

パンパンパンパン、とピストンのテンポもかなり速い。

膣内の締めつけはさっきより強くなっているので、俺の感じる快感も倍増だった。

興奮で蕩けたヒダが肉棒へ絡みついてきて、腰が浮きそうになる。

それでも、彩夏をもっと乱れさせたい一心で腰を振った。

「はっ、はぁっ♥　こんな、ところでっ……んっ、あうっ♥」

思い切り腰を打ちつけると、彩夏の口から大きな声が漏れる。

ここまでくると、上手く抑えられないようだ。

口元にある手の力も快感で緩んでいて、ほとんど役に立っていない。

「彩夏、そんなに声を出してると、ほんとに気づかれるかもしれないぞ？」

言いつつも俺だって、ちゃんと出入り口のほうにも、意識は向けている。

入ってくる人間はおろか、近くを人が歩いている気配はない。

「あぅ、んっ♥　健吾が……おちんちんいっぱい、動かしてるからでしょっ！」

「彩夏がエロ過ぎて我慢出来ない」

「ば、ばかっ……あぅ、あんっ♥　ひゃっ、あぁっ……やっ、だめっ、んんっ……♥」

俺を責めるようなことを言っているけど、彩夏のほうが気持ちよくなってるのは間違いない。

膣内からあふれ出た愛液が床まで垂れているからだ。

「ふぅっ……あぁぁっ……これっ、ダメッ、気持ちいいのっ♥」

「そのまま頭の中を全部気持ちよくしてやる！」

快感に蕩けた表情を見て俺もスイッチが入る。

もうすでに溜まった快感があふれ出しそうだ。

それでも、限界まで腰を振ってラストスパートをかけた。

「ひぎっ、あっ、ひぃぃっ♥　らめっ、イクッ♥　あっ、ひっ、あぁぁっ♥」

「彩夏っ！　イクぞっ！」

ギュウギュウ締めつけてくる膣内で強引にピストンする。

強く擦れる感覚がより激しい快感を生み出した。

そして、最後の瞬間は思いっきり奥まで挿入する。

「あっ、ううっ♥　イクッ♥　あぁぁっ♥♥　ん、ぐうううぅぅぅぅッ～～♥♥」

射精と同時に彩夏の全身が強張り、中は思い切り締めつけてきた。

絞り出されるように何度も射精して、膣内と奥の子宮をいっぱいにする。

「ひゃっ、くふぅっ♥　あぁ……中、熱いよぉっ……♥」

「ぐっ……はぁ、ふぅ……彩夏に全部絞られた……」

もう一滴も残っていないと思えるほどで、正気に戻ると同時に全身を倦怠感に襲われる。

「あぅ……」

彩夏の体からも力が抜け、倒れ込みそうになったので慌てて支える。

「ちょっと休まないとダメだな、お互いに」

「ふぅ、はぁ……ふぅ……興奮してるからって、頑張り過ぎだよ……」

「悪かった。でも、ちゃんと最後まで気を付けてたぞ」

幸いにも終始、このトイレへ近づいてくる人はいなかった。

彩夏もそれを知って少し安心したようだ。

「あたし、もうダメ……」

「彩夏はそのまま休んでてくれ。片づけはやっとくから」

「うん、ありがと」

俺はそのまま片づけを終えると、回復した彩夏を連れて今度こそ家に帰るのだった。

◆　◆

その日は久しぶりにふたりきりのデートだった。

学校の授業が午前中までだったので、午後から一緒に隣町まで出かけているのだ。

家のほうへは、それぞれ友人たちと遊びに行くと伝えてあった。

「こうしてふたりっきりで休日を過ごすのっていいよね、気負わずのんびりできて」

「そうだな。周りの目を気にすることもないし」

一緒に映画を見て、食事をして、ふたりだけの時間を過ごす。

何か特別なデートという訳じゃないけれど、俺たちにはそれだけでも貴重だった。

普段は学校の帰りや休日など、不自然じゃない程度にタイミングを合わせてふたりきりの時間を過ごしている。

けれど、あくまで一緒に過ごせるのは一時間か二時間程度。

一日中一緒にいられるときはほとんどない。

だからこそ、時間を気にせずデート出来る日はリラックスして楽しみたい。

「この後どうする？　まだ時間あるけど」

スマホを取り出して時間を確認する彩夏。

お互いに別の場所で遊んでいる設定だから、家に帰る時間は少しズラす必要がある。

ただ、電車で一駅なので家までそう時間はかからない。

まだ三時間くらいは余裕があるだろう。

「どこか遊びに行くとか、買い物するとか……あえてもう一回映画見るとか？」

「どうするかな」

色々選択肢があるので迷ってしまう。

「あっ、そうだ」

そのとき、彩夏が何か思い出したのかスマホを取り出す。

「何かあてがあるのか？」

「ちょっとどね。もう一度調べてみる」

そのまま数分待つと彼女が顔を上げた。

「あ、やってるみたい！」

「どこかの店か？　彩夏が行きたいならどこでもいいんだけど、あまり遠いところだと無理だぞ」

「大丈夫だって、駅のすぐ近くだし！」

そう言うと、スマホでマップを確認しながら歩きだす。

「おいおい、ながら歩きは危ないぞ」

「健吾が隣で見ててくれるから大丈夫だって」

「じゃ、一応手も繋いでおくからな」

彩夏の手を握って近くに引き寄せる。

「ふふっ……こっちだよ」

「はいはい」

彼女の先導について行く形で進む。

駅の方向へ向かっているようだが、駅が目的地ではないようだ。

駅前の繁華街からも少しずれている。

人通りも少なくなってきた。

「こんなところに何があるんだ？」

「それはねぇ……はい、あそこ！」

「あそこって……うぉ、マジか」

目の前にあったのはホテルだった。

しかも、駅前によくあるようなビジネスホテルと雰囲気が違う。

ご休憩とか、ご宿泊とか、そんな看板があからさまにかけられていた。

「ここ、ラブホじゃないか！」

驚愕している俺に対して彩夏は笑っている。

「ふふふ、やっぱり驚いてる♪」

「こんなところ、学生が利用したらマズいんじゃないのか？」

とっさに周囲を確認してしまう。

幸い人通りはなく、俺たちの姿を見ている人はいなかった。

「大丈夫。ここ、受付の人とかに顔を合わせなくても大丈夫なタイプだから」

「でも、監視カメラとかあるだろ？」

「わざわざ通報しないって。友達に教えてもらったサイトに乗ってたところだし」

「女子の情報網ってやつか」

彩夏がここまで言うのなら信じるべきだろう。

「さ、早く中に入ろ！」

「ああ、分かった」

案の定、学生の身からすると少々料金が高かったけれど、奮発してそこそこの部屋を選択する。

誰か来る前にさっさと部屋に入ってしまう。

「うわー！　実際に見るの初めて、すごいね！」

「普通に豪華な部屋だなぁ」

テレビやエアコン、備え付けの家具なんかもしっかりしてる。

なにより、ベッドが見たことないくらいデカい。

「凄いねぇ、トランポリンみたいに遊べるかも？」

さっそくベッドに上がり感触を確かめているようだ。

「怪我したら危ないからするなよ」

「冗談だって！　子供じゃないんだから」

彼女は一度ベッドから降りると、俺のほうへ近づいてくる。

「時間まで、ここでいっぱいエッチなことしちゃおっか♪」

「……ああ、楽しみだよ」

いつも学校で見せるような可愛らしい笑みを浮かべながら、言っていることはこれから
セックスする……なんて言葉だ。

そのギャップが刺激的で、俺も興奮してきてしまう。

俺以外の人間には聞かせられないなと思った。

「どうする、先にシャワーでも浴びるか？」

「どうせ汚れちゃうなら、先にしちゃおうよ」

そう言うと彩夏は俺の手を引っ張ってベッドへ連れていく。

「じゃ、ここに座って」

「よいしょっと……ここでいいのか？」

「うん。それで、あたしは……こうやって……」

俺の前まで来てしゃがみ込む彩夏。

そして、服の胸元をはだけ始めた。

「ほぉ……」

シャツのボタンが外れると大きな胸が見える。

ブラで包み込まれているそこは、深い谷間を作っていた。

白くて綺麗な肌だけに、谷間に出来ている影の深さが目立つ。

「うわぁ、すっごいガン見してる♪」

「……こんなの見せつけられたら、男なら誰だって目を奪われるぞ」

「おっぱい好きだもんね。そんな健吾に朗報だけど、これからおっぱいでご奉仕してあげちゃうよ♪」

「こ、この胸で……」

彩夏の言葉に思わず緊張してしまう。

胸でするということはパイズリだろうか。

今まで触ったりしたことはあるけれど、パイズリしてもらう機会はなかった。

彩夏の大きな胸を使ってもらいたい、というのは何度も頭の中で考えたことがある。

それが今から実現すると思うと、反射的に下半身へ血が集まってしまった。

「んっ、これで全部っと」

シャツから下着を抜き取り、巨乳が拘束から解放された。

大きく白い乳房の頂点にピンク色の可愛い乳首が見える。

「どう？」

「すごく、大きいな。滅茶苦茶エロい」

単純な大きさなら上回る女の子もいるかもしれない。

けど、ここまで綺麗さとエロさを両立しているものはないんじゃないだろうか。

「健吾のほうがあたしよりずっとエッチだと思うけどな。特にここか」

彩夏の手が俺の股間に伸びてきた。

慣れた手つきでズボンを下ろし肉棒を露《あらわ》にする。

「ほら、もうこんなにガチガチになってる！」

「こんなもの見せつけられてるんだ。しかたないさ」

「まぁまぁ、すぐ楽にしてあげるからね」

彩夏は自分で胸を支えると肉棒を左右から挟み込んでくる。

「えいっ！」

「うっ……こ、これは……すごいっ！」

肉棒の根元から先端までが柔らかく温かい感触で包まれた。

こんな感触は初めてだ。

女の子の体の中でも一番柔らかい部分が擦りつけられている。

これが気持ちよくない訳がなかった。

「……たまらん」

「健吾、すっごいエッチな顔しちゃってる♪　そんなに気持ちいいんだ～♥」

「このまま永遠に包まれていたいくらいだ」

「あはは、それは流石に無理かな。代わりに、もっと気持ちよくしてあげる♥」

彩夏が両手で巨乳を上下に動かし始めた。

「くっ……！」

挟まれているだけでも気持ちいいのに、擦りつけられてより強い快感が生まれた。

下半身に柔らかく快感が広がっていく。

「ほらほら、どんな感じが教えてほしいなぁ？」

一方的な立場の彼女は楽しそうだ。

圧倒的に不利だし、誤魔化せるわけがないと思って素直に告白する。

「さ、彩夏のおっぱい、気持ちいい！　柔らかくて、腰が蕩けるみたいだ」

「へぇ、そこまで言われるとあたしも嬉しいかも。お礼にもっとズリズリしちゃうね♪」

俺の反応を見て楽しいのか、彩夏はさらに手を動かしてパイズリする。

最初はぎこちない動きだったけれど、徐々に慣れたのか速くなっていった。

「んんっ……もうちょっと動きやすくしたいな」

だが、途中で彩夏が動きを止める。

どうやら摩擦でこれ以上速くできないらしい。

「あ、そうだ！　ん、こうやって……れろ……んぇ」

「谷間に……エロッ」

彩夏が舌を出して谷間に唾液を垂らす。

すると唾液が潤滑剤になって滑りがよくなった。

「これでよし、と。覚悟してね～？」

彩夏がもう一度手を動かし始めると、さっきの数割増しの勢いでパイズリを始めた。

「うぐっ⁉　ま、待ってくれ彩夏、そんなにされたら……」

刺激の強さが段違いで、すぐイってしまいそうになる。

「射精しちゃいそう？　いいよ、おっぱいでイっちゃえ♥」

ところが彩夏は動きを緩めるどころか、逆に精液を搾り取ろうとしてきた。

「ほ、ほんとに……！」

「健吾の大好きなおっぱいに、たくさん射精してね♥　おっぱい大きいから、全部受け止めてあげられるよ♪」

そこまで言われるともう抑えられなくなる。

腰の奥から熱いものがせり上がってくるのを感じた。

「彩夏、出すぞっ！」

俺が言うと彼女は両手で巨乳を抱きしめるように締めつけてきた。

「んっ、いっぱい出してっ♥」

「……ッ！」

谷間に向けて思い切り射精する。

「きゃっ⁉　あぅ、すごいっ！　おっぱいの中でドクドクってしてるよ♥」

締めつけられた谷間にどんどん精液が噴きだしていく。

彩夏が押さえていたせいで外に漏れだすこともなく、全て中に収まってしまっていた。

「あぅ……胸の中、すごく熱いね」

「はぁ……はぁ……だ、大丈夫か？」

「うん。というか、健吾のほうが大変そうだよ？　大丈夫？」

「ああ、少し息が上がってるだけだ」

激しい絶頂だったからか、瞬間的に体力を消耗してしまったらしい。

少し経つと自然と落ち着いてきた。

「んっ、と。わぁ……真っ白だね、これ全部精液なんだ……」

ようやく手を緩めて肉棒を解放する彩夏。

露《あらわ》になった胸の谷間は精液まみれで酷い有様だった。

「ごめん、そんなに汚しちゃって」

頭を下げると、彩夏は気にした様子もなく笑みを浮かべた。

「これだけ気持ちよくなったってことでしょ？　だったらあたしは嬉しいな♪　それに、元々汚れちゃうからシャワーは後にするつもりだったし」

「そうか。じゃあ、シャワーはお先にどうぞ」

「うん、そうさせてもらうね」

汚れが垂れないよう、胸元を押さえて浴室へ向かう彩夏。

俺は水を飲んで一息ついた後、出てきた彩夏と交代してシャワーを浴びる。

手早く済ませて出ると彩夏がベッドへ横になっていた。

「見て見て、こんなに大の字に手足を伸ばしても寝れちゃうよ♪」

「気持ちよさそうだな」

「こんな機会滅多にないしね。健吾もやってみたら？」

俺もベッドへ上がり彩夏の隣まで移動する。

「確かに、改めて見ると大きいベッドだな」

「これなら四人くらい寝られそうだね。まあ、エッチするならふたりくらいが、ちょうど余裕があってよさそうだけど」

「それはこれから確かめられる」

「そうだね。あたしも、なんだかエッチな気分になってきちゃったかも」

彩夏が俺のほうへ体を寄せてきた。

「んっ……」

そのままキスされてしまう。

「さっきのパイズリといい、今日の彩夏は積極的だな」

「いつもと違う場所だし、ここならいくら激しく動いても、おっきな声を上げても大丈夫でしょ？」

「そのためのラブホだしな」

彩夏が俺の首に手を回す。

続けて、またキスされてしまった。

今度は唇だけじゃなく、舌まで絡めるような濃厚なキスだ。

「あむ、れろっ……ちゅ、ん、はぁっ……今日はあたしがしていい？」

「彩夏にしてもらえるなら大歓迎だよ」

「ふふっ、じゃあ決定ね♪」

彩夏が俺の体を押し、そのままベッドへ倒れ込む。

そして、彼女は俺の腰に跨った。

「んっと……こんな感じかな？　いっぱい動くから、安定してないと」

女性のほうが上になる騎乗位の体勢。

普段は俺がリードするので、なかなか家ではしないプレイだった。

「さっきあんなに出したばかりだけど、大丈夫？」

「彩夏とキスしてたら自然と興奮してきた」

彼女が俺のタオルを取り去り、肉棒が露出する。

完全とは言わないまでも、半分以上は勃起していた。

「わぁ、すごいね！　じゃあ、後はあたしの中で気持ちよくなってもらっちゃお♪」

彩夏も服をはだけさせる。

さっき言ってたけれど、他人の目や耳を気にする必要がないから普段より大胆だ。

「ん、はぁっ……おちんちん熱いね」

露になった秘部と肉棒が接触する。

そのまま彼女は腰を前後に動かした。

肉棒へ擦りつけるような素股だ。

「あぅ、ん……はぁっ、ふぅっ……あぅ、んんっ♥」

「こういうのも、結構気持ちいいな」

中に入れてピストンするより、擦りつけている感じがしてエロい。

「ふっ、あぅ……シャワーで温まったし、もう大丈夫かな。んっ、あぁっ……♥」

腰を浮かせて肉棒を挿入していく。

体が温まっていたおかげで挿入は容易だった。

素股で興奮し始めていたこともあるかもしれない。

「んぅっ……く、ふぅっ、はうっ♥　おちんちん、おっきいね。奥まで届いちゃってるよ」

「そりゃ、急に大きさは変わらないからな」

「もう……褒めてるんだから素直に嬉しがればいいのに」

彩夏はクスッと笑い腰を動かし始める。

「はっ、はっ……ん、あっ……はぁ、はぁ……ふぅっ♥」

最初から積極的な腰振りだ。

パンパンと体のぶつかる音が部屋に響く。

騎乗位はそれほど経験がないはずだけれど、なかなか上手い。

下半身へ力が入るからか、締めつけも気持ちよかった。

「どんどん、気持ちよくなっちゃう……んはぁっ♥ ふぅ、はっ……♥」

「んっ……俺は彩夏にもどんどん感じてほしいな」

手を伸ばして彼女の腰を支えながら答える。

すると、彩夏は一段と腰振りを激しくしていった。

「あっ、はぁっ、はぁっ♥ おちんちん、すっごい気持ちいいよぉっ♥ あっ、はぁっ……んんっ、うぅっ♥」

「彩夏が腰振ってる姿、すごくエロくて興奮するよ」

「やっ、あぅ……あんまりジッと見ないでよっ」

「そりゃ無理だって。こんなに魅力的なのにさ」

欲を言えばスマホでハメ撮りしたいくらいだ。

いろいろな意味で危ないので諦めるけれど。

「だって、こんなに思いっきりエッチできる機会なんてなかなかないし……んんっ、はぁっ、あぅ……♥」

彼女は両手でしっかり体を支えると腰を振る。

大胆な動きだから、同時に大きな胸も揺れてしまう。

さっきパイズリしてもらったばかりだから、普段より意識してしまった。

「んんっ、あっ、はぁっ♥　あっ、んっ、はぁっ、あうっ♥」

「くっ……ほんとに大胆だな、そんなに動くと危ないぞ」

「はっ、ん……じゃ、健吾がちゃんと、支えててね？　んぁっ、はあっ、あうっ……んんっ♥」

彩夏が腰の動きを速くする。

肉棒を根元までがっちり咥え込んでいた。

「あぅ、はっ……んんっ♥　奥まで気持ちいいっ……あぅ、あんっ♥」

自分から肉棒を最奥へ押しつけるような動きを見て、俺も興奮してしまう。

「あぅ、はっ……んぅぅぅっ♥　はっ、あぁっ……気持ちいいところ、擦れちゃうっ♥」

「感じてる彩夏、すごいエロいよ」

「はぁっ、はぁっ……こんなところ見せるの、健吾だけなんだからねっ♥」

「分かってるよ、ちゃんと見てるから」

「あんまり見つめられると恥ずかしいけど……んはっ、ああっ……くぅぅっ♥」

俺に見られて興奮したのか、彩夏の腰振りがどんどん速くなっていく。

パンパンと体のぶつかる音が部屋に響いていった。

「はひっ、あうっ……イっちゃうかもっ♥」

呻くように声が漏れてきた。

「そんなに速く腰振ってたら、すぐイキそうになるよな」

「だって、気持ちいいから止まんないのっ……んんっ、あぁっ、ふうぅぅっ♥」

腰の動きは止まるどころか、ラストスパートに向けて速くなっていく。

「はふっ、ううっ♥　あっ、ああっ……ほんとにイクッ♥　イっちゃうからぁっ♥」

「ぐっ……！　中の締めつけが……俺もイク！」

彩夏の絶頂が近づいてくるにつれて膣内の動きも激しくなった。

肉棒を咥え込みながら、グニグニと動いて精液を搾り取ろうとしてくる。

「イクッ、イクッ……あぁ、あああああぁぁっ♥♥」

「く、はっ……彩夏ッ！」

最後の瞬間、彼女が勢いよく腰を下ろして深くまで結合する。

肉棒が子宮口まで突き上げ、それが最後の刺激になった彩夏が絶頂した。

「うあああぁぁっ♥　イックウウウゥゥウゥゥッッ〜〜〜〜♥♥」

ビクビクビクッと彼女の全身が震えた。

快感が体中を駆け巡って頭の中まで真っ白にしている。

それと同時に膣内がギュウギュウ締めつけて、その刺激で俺も射精してしまった。

「ッ！　くぅぅ……！」

今まで経験した中でも、一番大きい刺激が腰から突き上げてくる。

彩夏と繋がっている部分から、全身に向けて熱い快感が駆け巡った。

数秒か、数十秒か、快感が強すぎて感覚が引き延ばされているから時間が分からなくなってしまう。

ようやく頭の中が落ち着くと、彩夏がうつむいて息を荒くしていた。

「あうっ、はぁっ♥　んぅぅ……はっ、ふぅっ、うぅぅ……♥」

「はぁ、はぁ……彩夏、大丈夫か？」

「うぅ……ダメかも……」

「じゃあこっちに来い」

彼女の手を引っ張ると自分のもとへ抱き寄せる。

「んっ……はぁ、安心するぅ……」

「頑張りすぎたな。まだ体に力が入ってないみたいだ」

「えへへ、せっかくホテルに来たんだからって、つい頑張っちゃった」

苦笑いする彩夏。

俺はそんな彼女の頭を撫でつつ力を抜いて息を吐く。

「まだ時間あるし、このままゆっくりしていくか」

「うん。なんなら、後で一緒にお風呂入る？」

「彩夏と一緒に入ったら、確実に時間オーバーしそうだから止めとくよ」

「あはは、まあそうなっちゃうかもね！　前一緒に入ったときは我慢出来てなかったし」

取り留めもない話をしながらゆっくりとした時間を過ごす。

普通の恋人ならなんでもないような、ふたりだけの貴重な時間を楽しむのだった。

◆　◆

彩夏と俺はそれからも恋人と兄妹という二重の役をこなしていった。

家では兄妹として不自然にならない程度の距離を保つ。

その分、家の外では出来るだけ恋人として過ごそうと努力していた。

身も心も兄妹になってしまえば、恋人としての気持ちが薄れてしまうかもしれないという危機感もあったからだ。

「健吾、今度の休みはどうする？」

「先週は一緒に過ごしたから、今週は別々にしよう」

家に帰るまでの道で彩夏と話す。

「うーん、そっか。まぁ、仕方ないね」

「あまり一緒にいすぎると疑われるからな」

幸いにして、今のところふたりの関係がバレた気配はない。

痕跡が残るとしたらセックスしたときくらいか。

それだって、シーツに汚れが残ったり匂いが残ったりしないよう気を付けている。

もし親たちが部屋に入っていても、証拠は何も残っていないはずだ。

「じゃあ、代わりに明日の放課後一緒にケーキ食べに行こうよ！　一時間とか、ちょっとだけならいいでしょ？」

「それくらいなら大丈夫だ」

「やった♪」

嬉しそうな彩夏の顔を見て、こっちも気持ちが緩んでしまう。

本当に、恋人として過ごしているときは幸せなんだ。

だからこそ、兄妹として過ごしている時間がもどかしく思えてしまう。

四六時中ずっと恋人でいられたらいいのに、と。

そうこうしているうちに、家が見えてきた。

「じゃ、ここからは兄妹モードだね」

「ボロが出ないようにな」

お互いに頷いて家に入る。

「ただいまー！」

彩夏が先にリビングのほうへ向かっていった。

元気がいいな、と思いつつその後を追う。

そして、リビングの扉を開けて中に入ったのだが、そこで動きが止まってしまった。

「……なんで親父が？」

リビングに美穂さんだけでなく、まだ仕事しているはずの親父がいたのだ。

ふたりともソファーに腰掛けて何か話していたらしい。

なんだか、とても嫌な予感がしてしまった。

そして、その予感は的中する。

「健吾、彩夏。ちょっと話をさせてほしい」

久しぶりに見る親父の真剣な表情。

俺と彩夏は、迂闊にお互いの顔を見ることも出来ず立ち尽くすのだった。

第四章 始まる家族会議

家に帰ると両親が俺たちを待っていた。

嫌な予感がしつつも話しかける。

「親父、まだ仕事のはずじゃないのか?」

「ああ。ただ、少し気になることがあってな」

そう言って美穂さんのほうを見る。

「あなた達に話したいことがあって、宗一さんにお願いしたの」

どうやら美穂さんが切っ掛けらしい。

「とりあえず座って落ち着かないか?」

「分かったよ」

親父に再度促されて俺と彩夏も席に着く。

俺たちが隣り合って座り、その向かい側に親父たちが座っている。

「それで、話ってなんなの?」

ここで彩夏が口を開く。

いつも通りに見えるけれど、少し緊張しているようだ。

テーブルの下の見えない位置で指に力が入っている。

こういったハプニングには強いはずだけれど、流石に動揺しているらしい。

俺も平静でいようと努力しているけれど、親父たちにはどう見えているだろうか？

「実は、あなた達ふたりに関することなの」

そう言われて背筋が冷たくなる感覚がした。

親父が待ち構えていた時点でこうなる可能性は考えていたけれど、実際言われるとたまらない。

「俺たちのことっていうのは？」

「その……」

美穂さんが口にするのをやや躊躇っているようだ。

そこに親父が横から割って入ってきた。

「ふたりとも、もう兄妹になって数ヶ月経つだろう。調子はどうなんだ？」

どうやら少し遠回りするらしい。

まあ、連れ子同士のことなんて厄介だからな。

「俺は上手くやってると思う。彩夏はどうだ？」

「あたしも、まあね。元々知ってる相手だし。違和感はあったけど」

もし親父たちに疑われたらどう対応すべきか。

そういった事態の対処はあらかじめ決めておいた。

もちろん彩夏にも共有してある。

俺たちが恋人だとバレていない段階では、出来るだけ誤魔化すことにしている。

「最初はかなりぎこちなかったけど」

「うんうん。学校でも同じクラスなのに、家でも一緒なんてね」

実際、違和感があったのは確かなので嘘は言っていない。

「そうか、苦労を掛けてすまないな」

「ああ、いや、別に親父たちを責めてる訳じゃないよ。いろいろ判断があったんだろうし」

結婚を決めてから俺たちに関係を話した理由は、いくつか想像がつく。

まだ確定していない段階で話して、俺たちを動揺させたくなかった、とか。

もう決まっていることなら、受け入れるしかないからな。

もっと前に知らされていても、俺たちが干渉することじゃないし、何もできない。

それに、再婚といっても結婚には変わりない。

誰にも邪魔されることなく自分のパートナーを決めたいという気持ちは理解できる。

何年か前なら分からなかったかもしれないけれど、今の俺には彩夏がいるからだ。

「だから、俺のほうから親父たちの結婚に何か文句があるとか、そういうことはないよ」

「あたしも右に同じかな」

彩夏も俺に賛同したくれたものの、苦笑いして少し付け足す。

「相手に連れ子がいるっていうのは、もうちょっと早く言ってほしかったかもだけど」

「ああ、それは確かに。年齢も学校も同じならなおさら」

これればかりは正論だろう。

親父も頭を抱えている。

「まさかクラスメイトだなんて思わなかったんだ、すまん」

「早いうちから子持ちなのは知ってたし、もう少し詳しく聞いておくべきだったわ」

お互いに相手の子供のことを話題に出すのは無意識に避けていたんだろう。

まあ、クラスメイトだと知っていても、悩みこそすれ反対はしなかったと思う。

しかし、もっと詳しく彩夏だったと知っていれば、そのときはどうしたか分からない。

兄妹になってしまうことを危惧して反対したかもしれない。

彩夏も、これから兄妹になる相手の告白を受け入れてくれたかどうか、想像できない。

だから、少し思うところはあっても批判したりはしなかった。

「まあ、なんにせよ。今はふたりで上手くやってるよ」

「そうだね。学校のみんなも理解してくれてるし」

話しているうちに慣れてきたのか、彩夏も落ち着いている。

「俺たちの関係が心配なら、それは大丈夫だよ」

これで話を切り上げられれば最高なのだが……。

「……いや、本題はそうじゃないんだ」

やはり、そう簡単にはいかないようだ。

親父が真剣な顔つきに戻る。

「ふたりの仲がいいのは親として嬉しいし、安心してる」

「最初は上手くやっていけるか、不安だったの」

「同級生くらいならまだしも、クラスメイトだからな」

「もし仲が悪い相手だったら、気まずいというだけじゃ済まないかもしれないってね」

どうやら親父たちはかなり心配してくれていたらしい。

結婚前は話題に出さなかった分、フォローしようとしていたのかも。

「それが、暮らし始めてみると思ったよりずっと仲が良かった。安心したよ」

親父が俺のほうを見る。

安心した、と言いつつその目は穏やかじゃない。

かといって怒っている訳でもなさそうだ。

困惑している、といった感じが正しい。

「ただな……最近、仲が良すぎるんじゃないかって美穂さんが言うんだ」

「……私の思い違いかもしれないけど」

「クラスメイトとはいえ、赤の他人だったのに接し方が自然すぎないか、とな」

そう言われて、俺も彩夏のように自然と手に力を入れてしまう。

俺と彩夏は上手く兄妹を演じようとしてきた。

あまりよそよそしくしないように、かといって過度にふれあい過ぎないように。

上手くやっていたと思っていた。

だが、美穂さんから見ると距離感が近すぎたようだ。

「特に最近はそれが顕著だったの」

最近、というとラブホに行ったときくらいだろうか？

あのときは思い切りセックスしてふたりきりの時間を過ごし、かなり満足していた。

無意識の内に彩夏との距離感が縮まってしまっていたのか？

自覚できていないというのは非常にマズい。

俺が考えていると彩夏が口を開く。

「それで、結局のところママたちは何が言いたいの？　あたしと健吾が仲良くしてちゃダメなの？」

シンプルだからこそ、いい質問だった。

親父たちが何を考えているのか、俺たちがどうすればいいのか分かる。

「お前たちが仲良くするのはいい。ただ、疑問に思っているんだ」

「クラスメイトと考えても、兄妹と考えても、どうも納得いかないの」

「……ふたりは今、どういう関係になっているんだ？」

「このまま家族として暮らしていけるのか、考えないといけないわ」

どうやらそれが親父たちの考えらしい。

俺が彩夏のほうを向くと、彼女もこっちを見ていた。

「どうする？」

「……別に、話してもいいんじゃない？　誤魔化すのも大変だよ」

「そうか……ああ、そうだな」

彩夏は秘密を打ち明けようと言う。

確かに、俺たちの関係を隠すのはかなり大変だった。

これから一生隠し続けられるかと言われると、自信を持って頷けない。

そして、打ち明けるとしたら早いほうがいい。

今回呼び出されたのは、いい機会だと考えよう。

「俺たちのほうからも聞いてほしいことがあるんだ」

「聞かせてくれ」

親父と美穂さんが俺のほうを見る。

一度深呼吸して、気持ちを落ち着かせてから話し始めた。

「俺と彩夏は本心から兄妹になったわけじゃない。それっぽく演じて暮らしてた」

そう言うと美穂さんが少し悲しそうな顔をする。

あまりこういう言い方は良くなかったかな。

「お互いが嫌いとか、そういう訳じゃないんだ。けど、訳があってそうせざるを得なかったんだ」

「その訳っていうのはなんなんだ？」

「実は、俺は親父から再婚の話をされる前に彩夏に告白してたんだ。兄妹になる前に、恋人になってたんだよ」

「なっ……本当か⁉」

さすがに予想外だったのか、親父が驚愕して聞き返してくる。

隣にいる美穂さんは目を見開いたまま固まっていた。

「本当だよ。ママたちも真剣だったでしょ？　あたしたちも真剣なの」

「彩夏……そうだったのね」

娘の言葉を聞いて頷く美穂さん。

俺も親父のほうを見る。

「こんな偶然なかなか信じられないと思うけど、本当だ。俺は前から彩夏のことが好きで、この前ようやく告白したんだ」

「お前のほうから告白を⁉　そんなことがあるとはな」

親父は困惑しているようだ。

俺のほうから女の子に告白するなんて大胆なこと、出来ないと思っていたのかもしれない。

もちろんそれだけでなく、子供たち同士が恋人になっていたという衝撃もあるだろう。

口元に手を当ててテーブルを見下ろしている。

「健吾も彩夏も、お互いのことを好きなのか」

「俺は本気だよ」

「あたしも！　そうじゃなきゃ告白にオーケーしないから」

分かってはいても、親の前でこう宣言されると嬉しい。

自分が好きな人に好きだと言ってもらえるのは幸せだ。

加えて、彩夏は自信満々に言う。

「ママがお父さんのこと好きになったんだから、娘のあたしが健吾のことを好きになっても不思議じゃないでしょ？」

「そう言われると、私はなにも言えないわね」

美穂さんは苦笑いしていた。

確かに、親同士と子供同士が互いを好きになるなんて、ある意味運命的だ。

「……そうか、そうなんだな」

「だから、つい距離感も近くなってたんだよ思う」

「ふたりが好き合っているなら、その気持ちは否定しない」

「そう言ってくれて安心したよ」

ここで認めない、なんて言われたら大惨事だ。

俺は彩夏と恋人であることを諦めないし、壮絶な喧嘩になったかもしれない。

「ただなぁ……」

親父が腕を組んで唸る。

「もう籍は入れてあるし、ふたりは戸籍上兄妹なんだ。血のつながりはないけれど、問題が出てくるかもしれない」

「む……そう言われると、なんとも言えないなぁ」

「成人すれば問題があっても解決出来るだろうが、まだふたりとも未成年だ。たとえお互いに本気でも結婚はさせられないし、恋人関係だと公言すると周りの人間にどう思われるか……」

「そういうことか」

少し考えると親父の心配も理解できた。

法律的な手続きをクリアしても、世間的な目があるということ。

義理とはいえ兄妹で恋人なんて、変人だと思われてしまうかも。

「その辺りのことは考えているのか？」

「俺は、少なくとも学校でも恋人だとは公言してないよ。兄妹になって仲が良くなったって評判らしい」

「なら、学校のほうはそれで大丈夫か」

親父は少し考えた後、隣を向く。

「美穂はどう思う？」

「私は……最初、少しショックだったわ」

こっそり彩夏のほうを見ると苦い顔をしていた。

確かに、義理とはいえ子供たちが恋人だったなんて普通は想像できない。

「……でも、少し考えて気づいたの」

「どんなことに？」

「私が宗一さんを好きになってように、彩夏が健吾君を好きになるのも不思議じゃないなって」

そう言いながら、娘である彩夏を見る。

その表情はさっきより落ち着いていて、いくらか冷静であるように思えた。

この言葉も、今の気持ちをそのまま口にしたようだ。

「そっか、そんなふうに言ってくれるんだね。ありがとうママ」

彩夏が安心したようにつぶやく。

「いいのよ。私は自分の気持ちに従って結婚したんだもの、あなたの気持ちを否定したくないわ」

母娘のやりとりを真横で見ていた俺たちも顔を合わせる。

「親父はどうなんだ？」

「……この状況で認めないとか言えると思うか？　それに、俺だって美穂と同じ気持ちだ」

そうは言うものの、複雑な心境なのは変わりないようだ。

むこうは母娘そろってポジティブだけど、俺たちはそうはいかないものな。

「美穂さんに倣《なら》ってさ、彩夏を選ぶなんて流石俺の息子だ、見る目があるな！　くらいは言ったらどうか？」

「無茶を言うな。……まあ、気持ちを切り替えなければいけないのは確かだな」

親父は目を瞑り、一つ大きく息を吐いて再度俺を見る。

「家長として決断しないとな。三人ともよく聞いてくれ」

全員分の視線が親父に向く。

「親としては、ふたりの恋人関係を否定しない。タイミングの悪さもあって、一方的に責める訳にもいかないからな」

「もう少し遅ければ、問題にはならなかったかもしれないわ。ごめんなさいね」

「分かった。俺たちも、ずっと親父たちに隠してた。ごめんなさい」

「あたしも同じ。ごめんなさい」

「タイミングは仕方ないとしても、もう少し早く気づいてやるべきだった。すまない」

お互いに頭を下げたことで気持ちを切り替える。

これからは建設的に物事を考える段階だ。

「まず、健吾と彩夏の恋人関係を大々的に認める訳にはいかない」

親父の言うことは理解できる。

「まだ学生だからだろう？」

「そうだ。せめて大学へ進学するか、就職するか、そういう段階になればな」

確かに大学生なら周りの見る目が違う。

たとえ同じ年齢でも、肩書一つで扱いは変わるからだ。

「前に聞いた気もするけど、ふたりは進学するのよね？」

美穂さんが確認するように問いかけてくる。

「一応、いくつか候補は考えてあるよ」

彩夏がスマホを取り出して見せる。

画面にはブックマークされた大学のホームページが並んでいた。

「健吾君も同じところ？」

「全部同じじゃないですけど、第一志望はそうです」

もちろん狙っているのは第一志望だった。

彩夏も同じ気持ちでいる。

ただ、今までは家で問題があったので、本気で受験勉強に取り組む余裕がなかった。

両親に恋人だとバレないように兄妹を偽装するのが大変だったからだ。

学校での成績が悪くなっている訳じゃないけれど、受験に万全に望めるかといわれると怪しい。

「ちょうどいいじゃないか。ふたりの関係を正式に認めるのは、大学に合格してからにしよう」

そう親父が言う。

「それまでは兄妹として過ごせってこと？」

「ああ、そうだ。少なくとも、外ではこれまで通りだ」

「分かった。彩夏は？」

「うん、しっかり勉強しないといけないと思ってたし、いい機会かも」

彩夏も納得しているようだ。

実際、恋愛にうつつを抜かして受験に失敗したなんてことにはなりたくない。

せっかく親父たちに応援してくれる気持ちがあるんだ。

その期待には応えたいと思う。

「俺たちにとっては、家の中でコソコソしなくていいっていうのが大きいよ」

「ふたり一緒に居るときは、いつもママたちに見つかるんじゃないかって、ビクビクしてたもんね～」

彩夏はそう言うとため息を吐く。

彼女の言う通り、今まで一番の負担は家にいるときだった。

つい気を抜いて違和感を持たれるようなことをしないか、気を付けなければならなかったからだ。

けれど、家族が事情を理解してくれた今はその心配もない。

俺も彩夏も、内心でようやく一息ついていた。

「どれ、俺にも志望の大学をよく見せてくれ」

「うん、お父さん。これなんだけど……」

彩夏が親父のほうにもスマホを向ける。

「お、ここなら知ってるぞ。隣の県にあるやつだな」

「ちょっと遠いけどね」

幸いここは県境に近いので、電車とバスで一時間半くらいだろうか。

近場とは言えないけれど、十分通える距離だ。

「ふむ……」

そこで親父がなぜか考え込む。

「親父、どうしたんだ？」

「これくらいの距離なら、学校の近くに下宿したほうが便利なんじゃないか？」

「えっ⁉　そりゃそうだけど……」

そうなると部屋を借りないといけないし、負担もあるだろう。

子供の立場からしても軽々しくはお願い出来ない。

「確かに便利かもしれないけど……別に家からでも通えるし」

案の定、彩夏は遠慮している。

そんな彼女に向かって親父が説明し始めた。

「けど、よく考えてみてくれ。電車とバス、ふたり分の交通費を考えたら、家賃とそんなに変わらないいんじゃないか？」

「ちょっと調べてみるか」

俺もスマホを出して少し計算してみる。

交通機関の定期代や、大学近くの家賃相場など。

数分もすれば結果が出たが、親父の言う通りだった。

ひとりならともかく、ふたり分の定期代と比べると思ったより差がない。

「親父の言うとおりだ」

「だろう？　まあ、そういう訳でお金に関しては心配するな」

「分かったよ親父。全部無事に合格出来たらの話だけどな」

「ははは、是非そうしてくれ」

俺と親父の会話を聞いて、彩夏たちの表情も和む。

「平日なのに親父までいて、最初はどうなるかと思ったよ」

「それはこっちのセリフだ。いきなり家庭崩壊の危機かとヒヤヒヤしたんだぞ」

「なんとかなったんだから、いいじゃないか」

「こいつめ……まあ、そうだな」

横を見ると美穂さんと彩夏もホッとした様子で言葉を交わしていた。

「私も、少し怖かったわ。いい結果に落ち着いてよかった」

「心配させちゃってごめんねママ。すぐ打ち明ける勇気がなくて……」

「同じ立場だったら私もなかなか相談出来ないわ。でも、まさか健吾君とねぇ……」

「むぅ、なによニヤニヤして」

美穂さんは楽しそうな笑みを浮かべている。

一方の彩夏は少しムッとしていた。

「あなたが健吾君に告白されたときの気持ちを想像すると、ちょっと微笑ましいなって」

「なっ⁉　そ、そんなもの想像しなくていいの！」

「ふふふ……分かったわ。でも、今度こっそりお話ししましょうね？」

「ママったら、もう……」

気が付けばリビングはだいぶ和やかな雰囲気になっていた。

少し前まで一触即発の状態だったとは思えない。

ただ、なんとか上手く事態を決着させることが出来たと思う。

「健吾、彩夏、肝心なのはこれからだ。無事、第一志望に合格できるよう頑張ってくれよ」

「ふたりとも、しっかりね」

「なんとかやってみせるよ。今度は親父や母さんに心配させられないし」

「ふたりそろって合格しないと、せっかくの新生活がパーになっちゃうもんね。あたし、頑張るよ！」

俺と彩夏の言葉に頷くふたり。

こうして、危機一髪の家族会議は無事に終わるのだった。

◆　◆

リビングでの家族会議を終えた俺たち。

その後、俺は彩夏を連れて二階の自分の部屋に来ていた。

「ふぅ、緊張したぁ〜〜！」

部屋に入るなり、彩夏がベッドへ倒れ込む。

「だいぶお疲れみたいだな」

「だって、家に帰った途端、急にあんな展開になるんだもん……」

俺もベッドへ腰掛ける。

彩夏は寝転がったまま俺を見上げた。

「ああ、あれは俺も予想外だったよ」

「ね、まさかママがお父さんを呼んでるなんてさ」

「それだけ母さんも重大だと思ったんだろ。実際、その勘は当たってた訳だし」

あの場でもし誰かがマズい発言をすれば、修羅場になっていた可能性もあった。

一歩間違えれば家族崩壊ということになったかもしれない。

そういう意味では幸運だったといえる。

「ふたりとも、俺たちの気持ちを応援するって言ってくれたな」

「うん、それは素直に嬉しかったなぁ」

彩夏はうつ伏せになるとそのまま俺の近くまで移動してくる。

「健吾はさ、あそこでママたちに付き合うのに反対されたら、どうするつもりだった？」

「どうしたかな……」

俺は腕を組んで考え込む。

親たちは義理とはいえ兄妹で恋人なんてダメだと言い、俺は再婚話を聞かされる前から恋人だったと反論するだろう。

少なくとも、はいそうですかと納得はしない。

だって、惚れてから一年も時間をかけてようやく告白し、オーケーを貰えたんだ。

今の俺にとって、彩夏以上の恋人なんて考えられない。

そう簡単に諦めてたまるものか。

「理解してもらうまで反抗してただろうな」

「ほんとに？」

「なんなら駆け落ちしたっていいぞ」

「……そこまで言われると、ドキッとしちゃうかも」

彩夏の顔が少し赤くなる。

彼女は体を起こすと俺と向き合った。

「あたしもね、ママに健吾とのことを反対されたら、家出くらいはしちゃうかも」

「駆け落ちまではしないんだな」

「もう、いじわる！　だって、みんなせっかく出来た家族なんだよ？」

彩夏の表情が少し真剣になっていた。

「お互い三人からふたりになっちゃって、そこからようやくのことで、やっと四人になったんだもん」

「……そうだな」

どこかで運命が違えば、三人と三人の別々の家族として交わることはなかった。

二つの家族が一つになったのは幸運だ。

俺は親父とふたりだけの生活をしていたとき、特別寂しいと思ったことはなかった。

それが俺にとって当たり前だったからだ。

けれど、四人での生活を知った今、またふたりに戻ってしまうと考えると寂しいかもしれない。

「悪かったよ、安易に家を出ていくなんて言って」

「ううん、いいの。健吾があたしを選んでくれるって知れて嬉しいし」

彩夏はそのまま俺の間近に迫った。

至近距離から見つめ合う形になり、思わず息をのむ。

「んっ……」

そして自分から、何も言わずにキスしてきた。

「ちゅ、ん、ちゅっ……♥」

唇を奪われた俺は何も言葉を返せないままキスされる。

「れる、んっ……はぁっ……♥　やっぱり健吾とのキス、気持ちいい♪」

うっとりするような笑顔で言われるとたまらない。

「ねえ健吾」

「なんだ？」

「あたしたち、もう家でも恋人なのを隠さなくていいんだよね？」

「親父には受験をおろそかにするな、としか言われてないな」

そう答えると、彼女はもう一度キスしてくる。

「んぅっ……ちゅ、れろ……んちゅっ♥」

「んぐ……今日は積極的なんだな」

「だって、せっかく健吾と家の中でも恋人でいられるようになったんだもん」

彩夏の腕が俺の首に回される。

抱きしめるようにしながら見つめ合った。

「ああ、それについては俺も嬉しいよ」

コソコソしなくてよくなったというのは嬉しい。

その分、彩夏との時間を楽しむことが出来る。

「ねえ健吾、今日はどうしたい？」

彼女の目はまっすぐ俺の目に向いていた。

キスしてスイッチが入ったのか、少し赤くなっているように見える。

すでに興奮し始めているのかもしれない。

「あたしね、健吾のこと気持ちよくしてあげたいな♪」

そう言いながら彩夏は片手を下のほうへ動かす。

目的は俺のズボンで、そのまま股間に触れた。

「ここに健吾のおちんちんがしまってあるんだね」

「触り方、いやらしいな」

「だって、もうエッチする気満々だもん♪」

純粋に楽しそうな笑みを浮かべる彩夏。

今の彼女は、普段我慢していた分を発散させようとしているのかもしれない。

多少言葉で話したくらいじゃ、ブレーキがかかりそうにない。

こういう場合は俺がしっかりリードしたらいいんだろうけど……。

「あ、あんまり彩夏に触れられてると……」

彼女の手がいやらしい動きでズボン越しに肉棒を愛撫してくる。

指先が肉棒の形に沿って動き、敏感な裏筋をコショコショとくすぐってきた。

「ふふっ、こうされるのが気持ちいいんだぁ？」

俺の反応を見るように顔を覗き込んでくる。

「確かに気持ちいいけど、まだ耐えられるレベルだぞ」

まだ余裕のある俺はそう返す。

彩夏が乗り気なので、あえて挑発してみたくなった。

俺も、遠慮なく恋人として過ごせることに興奮していたのかもしれない。

「ふーん。じゃあ、あたしも本気で頑張っちゃおうかな！」

彩夏はいったん俺から離れ、両手でズボンのベルトを外す。

「はぁ……はぁ……♥　あ、おちんちん出てきた♪」

彩夏の手で肉棒が引っ張り出される。

すでに愛撫されていたそれは八割ほど勃起していた。

「わぁ、もうこんなに硬くなってる！　さっきの、気持ちよかったんだね？」

「気持ちよかったよ。彩夏の手の動きがいやらしいから、興奮するのを抑えられなかった」

素直に答えると彼女は嬉しそうにする。

「気持ちよかったけど、まだ余裕あるんだね。じゃあ、もっといいことしてあげる♪」

彼女は両手で肉棒を押さえてしゃがみ込む。

ちょうど顔の目の前に肉棒が来るような位置だ。

「わ、すごい迫力！　いつも、これが中に入ってるんだ……」

普段明るい場所でまじまじと見る機会がなかったからか、興味津々な様子だった。

「あんまり見つめられると、今度は恥ずかしくなってくるな」

「えー、健吾だって普段あたしのおっぱいとかお尻とか、見てるんだしいいでしょ？」

「そう言われると拒否できないな」

痛いところを突かれて苦笑いする。

彩夏は魅力的なスタイルをしているから、普段着や制服でもついつい見つめてしまっていた。

単純に肉体的な魅力に優れるというのは、俺でなくとも視線を引きつけるだろう。

「先っぽのところ、傘みたいになってるね。ここ、中で動いてるときも、すっごい気持ちいいよ♪」

「そ、そうか」

指先でツンツンとつつきながら教えてくれる彩夏。

なんとなく分かっていても、本人の口からこういうことを聞くのは少し変な気分だ。

解説されている感じがして少し恥ずかしく、背徳的でもある。

「いつもたくさん気持ちよくしてくれるおちんちんに、お礼しないとね～」

彼女は根元を支えてしっかり上向かせると、さっきまで俺とキスしていた唇で肉棒にキスする。

「んちゅっ♥　はぁ……ん、ちゅ、ちゅ……れろっ♥」

唇で何度もキスしながら、舌を出してペロッと舐める。

性感帯への明確な刺激に、俺の体も少しずつ興奮し始めた。

「れろ、ちゅる……ん、れろっ……あむ、ちゅるる……れろぉっ♥」

「くっ……！」

彩夏の舌遣いがどんどんエロくなっていく。

舌が肉棒へ絡みつくように動き、ザラザラとした感触が気持ちいい。

たっぷり唾液も纏わせているのか、グチュグチュといやらしい音も聞こえる。

「れろ、れろ……じゅる、んっ♥　あむ、ちゅる……れろぉっ♥」

「彩夏、ほんとに上手くなってるな」

「れる、ちゅ……でしょ？　あたしも上手くなれるように、いろいろしてるの♪」

女子の友人も多い彩夏だから、そっちから情報を手に入れているのかもしれない。

「ちゅるる、れろっ、れろっ……はぁ♥　もう限界までガチガチになってるね♪」

「彩夏のおかげだよ」

先ほどまで八割ほどだった勃起は完全状態になっていた。

彩夏に与えられた快感の影響で、自分でも恥ずかしくなるほどそそり立っている。

「ふふふ……まずはこのまま、お口でしちゃおっかな♪」

「彩夏のお好きなようにどうぞ」

「じゃあ、いただきますっ♥」

彩夏はわざとらしく手を合わせると、口を大きめに開いて先端を咥え込む。

「はぁむっ！　ん、んんっ……れろ、じゅる……れろっ♥」

「うぉ……彩夏の口の中、すごいな！」

唇や舌での奉仕でも十分気持ちよかったけれど、これは更に上をいく。

舌はもちろん、ほっぺや天井など普段の生活では触れないような場所まで感触を味わう。

「じゅるる……ちゅっ、んちゅぅ、じゅるるっ♥　れろれろっ、れろぉ……んじゅぅぅ♥」

口で咥えてからが本番だというように激しくなる。

片手で肉棒を支え、もう片方の手で体を支えながら頭を動かしていた。

唇で肉棒を締めつけるように固定しながら何度もピストンする。

「くぅっ！　これは、たまらんな……！」

温かい口内と肉厚の舌の感覚がたまらない。

こんなに気持ちいいフェラチオをされたのは初めてだ。

最初のころ、おっかなびっくり触れていた女の子と同一人物とは思えない。

「ふふっ、健吾ったらすごく気持ちよさそうだね♥」

俺の反応を見た彩夏はニンマリと笑みを浮かべていた。

普段のセックスでは俺が主導権を握ることが多いから、こういう状況が楽しいようだ。

「んぷ、じゅるるっ♥　れろっ、れろっ……んちゅ、じゅる……れろれろっ♥」

彩夏のフェラチオはどんどん大胆になっていく。

このままじゃ一方的にイかされてしまいそうだ。

「それでもいいんだが……」

彩夏に任せると言ったので、こういう終わりでもいいかと思う。

けれど、どうせなら彩夏にも感じてほしい。

「はぁっ、はぁっ♥　健吾、どうしたの？」

「彩夏にも気持ちよくなってほしいんだ」

「あたし、十分エッチな気分になってるのに。でも、そこまで言うなら……」

彩夏は肉棒から口を離す。

「健吾、そのまま寝てくれる？」

「分かった」

仰向けで横になると、彩夏がその上に跨ってきた。

「ん、しょっと……あぁ、流石に恥ずかしいなっ！」

俺の顔の前には彩夏の腰が来ていた。シックスナインの体勢だ。

「このまま脱がしていいか？」

「健吾の好きにしていいよ。あたしも好きにするから」

「じゃあ、そうさせてもらおうかな」

制服のスカートをめくるとすぐ下着が見えた。

クロッチ部分は僅かに色が濃くなっているように見える。

フェラチオで興奮して濡れているようだった。

両手で下着を掴み、ゆっくり脱がせていく。

「んぁ……スースーする……」

彩夏の秘部はやっぱり濡れていた。

「もう興奮してたのか」

「あ、あんまり見ないで……」

「そう言われてもなぁ」

俺は手を動かして秘部に触れる。

「こんなに近くにあるんだから、視線に入れないっていうのは無理だな」

「そうだけど、流石に恥ずかしいし……」

「彩夏のほうからこの体勢になったんじゃないか」

「健吾があたしにもしたいって言うからだよ！」

そんなふうに言ってくれるのは嬉しい。

本当に気持ちよくしてあげたいと思う。

割れ目に沿って指を動かしていった。

「ひゃっ！　ん、あっ……ダメ……♥」

「なんでダメなんだ？　気持ちよさそうな声が出てるじゃないか」

「こ、こんなに敏感になってるなんて……あぅ、んんっ♥」

指を動かすと同時に彩夏の腰がビクッと震える。

その反応が可愛らしくて愛撫を続けた。

「んぁっ……はぁっ……はぁっ……あんっ♥」

「彩夏の声、すごくエッチだな。興奮してくるよ」

「うぅ……ん、あんっ！　は、ふぅっ……おちんちんも、すごく硬くなってる♥」

彩夏が細い指で肉棒をギュッと握る。

手加減しているのか、それほど力は強くない。

けれど、興奮した俺を受け入れてくれるようで嬉しかった。

「ちゅっ、れろれろっ……じゅるる……れろぉ……♥」

また肉棒に舌が這わされる。

何度も舐められて、もう蕩けてしまいそうだ。

俺もお返しに彩夏の秘部を舐めた。

「んひゃっ⁉　そんなところ、舌で……あぅぅっ♥」

「彩夏だって舐めてくれてるじゃないか」

「そ、そんなこと言っても……ん、ああっ♥　ダメッ、イっちゃうっ♥」

舌を膣内に突っ込んで嘗め回す。

すると、膣内がビクビクッと大きく震えた。

かなり感じてしまっているようだ。

「はぁっ♥　はぁっ♥　はぁっ♥　舌、中までぇ……ダメッ、おかしくなっちゃうっ♥」

「じゅる、じゅる……イってもいいぞ」

「んっ、あああああっ♥　ひぃ、ひぃ……くぅ、あぅぅぅっ♥」

ビクンビクンと彩夏の腰が震える。

膣の奥からドロリとした愛液が溢れてきて、もう限界らしい。

「彩夏……！」

同時に、さっきからフェラチオ奉仕されていた俺の肉棒も限界だった。

腰の奥から熱いものがせり上がってくるのを感じる。

彩夏に奉仕されて、お返しにたっぷり愛撫して……。

遠慮なく興奮を高め合っていたから、もう我慢できない。

「うくっ、あぁぁぁっ♥　イクッ、イっちゃうっ♥」

「俺も出すぞっ！」

お互いに限界を迎え、そのまま絶頂してしまう。

「イクッ♥　んんっ♥　あっ、あああああぁぁぁぁぁっ～～♥♥」

絶頂の快感で彩夏の全身がビクビクッと震えた。

同時に膣内に挿入していた舌が締めつけられる感じがする。

「ぐっ、彩夏ぁ！」

同時に俺も彩夏に向けて思い切り射精する。

ドクンと一気にあふれ出る感じがして、吹き上がった精液が彼女の顔を汚した。

「んっ、ひゃうっ♥　おまんこも、顔も、熱いよぉ……♥」

絶頂で意識が薄れているのか、彩夏の声もぼんやりしている。

「はひっ、はぁっ♥　はぁっ♥　はぁっ♥」

「ふぅ、ふぅ……」

彩夏も俺も体力を使い、息を荒くしていた。

そのまま、相手の体を抱えるように横になっている。

少しすると、ようやく体が楽になってきた。

顔を上げ、彩夏の様子を確認する。

「彩夏、大丈夫か？」

「はぁっ……ふぅっ……んっ……♥　だ、大丈夫……」

まだ少し声が落ち着いていない。

けれど、体のほうは動かせるようだ。

腕で体を起こし、俺の上から退いてベッドへ座る。

「ふぅ……んっ！」

「助かるよ」

「……重かった？」

少しだけ恥ずかしそうな視線でこちらを見る彩夏。

間近でイった秘部を見られたことより、上にのしかかったままのほうが恥ずかしかったらしい。

「そんなことない。鳥の羽根みたいに軽かった」

「ふふっ、そんな冗談言って」

俺の返答に軽く笑みを浮かべる。

まあ、まさか冗談でも重いなんて言えないしな。

「すごく気持ち良かった。ありがとう健吾」

「それはお互い様だな」

「うん。でも……まだ、足りないよね？」

彩夏が俺の顔を見つめてくる。

あんなにいやらしく絶頂しても、まだ欲望は途絶えていないようだ。

「あたし、まだお腹の奥が熱いの……」

そう言いながら下腹部に手をやる彩夏。

そんなふうにアピールされると、こっちも興奮してきてしまう。

「今日の彩夏はすごくエロいな」

ついそんなことを口に出してしまった。

「だって……今は凄く健吾とエッチしたい気分なんだもん」

そう言いながら、彼女は自分の服に手をかける。

「さっきも気持ちよかったけど、まだ足りないの」

上着を脱ぎ、スカートを脱ぎ、下着姿になった。

エロい下着じゃないけれど、興奮している彩夏と合わさってすごくエロく見える。

特に、大きめのブラでも隠しきれない巨乳と、乳房の作り出す深い谷間は圧巻だ。

「……流石に、ちょっと恥ずかしいかも」

「俺はすごく興奮してるよ。エロい」

「ま、真正面から言われると、余計に恥ずかしい！」

俺の言葉を聞いて顔を真っ赤にしてしまった。

そんな反応も可愛らしい。

「で、その下着姿のままのほうがいいのか？　それとも……」

「えっと……健吾はこのままがいい？　それとも……」

彩夏の手がブラの肩紐にかかる。

「全部見たいなら、健吾が脱がしてね♥」

頬を赤く染めながらも、いらずらっぽく微笑む彩夏。

その表情に、俺はたまらなくなってしまった。

「もちろん脱がせるよ」

そう言って手を伸ばす。

「大丈夫？」

「慣れてはいないけど、なんとかする」

あまり乱暴にしないように気を付けつつ脱がせていく。

ホックを外して、手を抜いて……。

大きな胸が解放されたところで一旦手を止めてしまった。

「やっぱり大きいな」

「まあ、クラスでは一番大きいからね」

確かに彩夏以上のサイズの女子はいない。

学生どころか、友達がよく見ている漫画雑誌に載っている巨乳のグラビアアイドルにも負けないだろう。

「健吾は大きいのが好き？」

「そうだなぁ、小さいのが嫌いって訳じゃないけど、彩夏が大きいからこっちのほうが好きだな」

「なんか上手いこと言ってる気がするなぁ」

彩夏は苦笑いしながらも俺の好きにさせてくれる。

好意に甘えて、正面から巨乳を揉んでみた。

「おぉ……すごいな、柔らかさもそうだけど、重量感とか」

下から持ち上げると両手に心地いい重さを感じる。

「やっぱり重いよね。けっこう大変なんだから」

「そりゃ、常にこんなものを抱えてれば大変そうだな」

腕に抱えて一日中過ごしていたら筋肉が死んでしまいそうだ。

下着で支えているとはいえ、巨乳の人が肩が凝るというのも頷ける。

とはいえ、そんなことを考えていたのも最初だけ。

すぐ手を動かして揉み解していく。

「んっ……ちょっと、触り方いやらしい……あんっ♥」

「敏感なんだな」

輪郭を撫でるようにしながら愛撫していった。

鷲掴みにしたい気持ちもあるけれど、ここはゆっくり。

時間はあるんだから、たっぷり触ってやりたい。

「乳首じゃなくても結構感じるんだ？」

「はぁ、ふっ……健吾の触り方がエッチだからぁ……ふぅ、んんっ♥」

そのまま撫でるように刺激を続けていく。

外から中心の乳首に向かって少しずつ。

「はぁっ……はぁっ……はぁっ……♥　ふぅ、んっ、そこぉ……もっとして♥」

彩夏の口から甘い声が漏れてくる。

これまでは親にバレないよう声は抑えめだった。

今だってバレたら恥ずかしいけれど、致命的じゃない。

気持ちよさを伝えてくれるのが嬉しかった。

「彩夏、ここも触ってほしいか？」

「あっ、ああっ♥ そこっ、乳首ぃ……♥」

指先で乳首の周りを、円を描くように刺激する。

もう乳首はかなり固くなってビンビンだ。

けれど、そこだけは触らない。

「うぅ……どうして？ 一番気持ちいいところなのに……」

「彩夏がおねだりしてくれたら触ってやる」

「い、いじわる……」

少し堪えたのか、涙目になってしまう彩夏。

可哀そうに思えてしまうけれど、そんな表情も可愛い。

「はぁっ、はぁっ……健吾……」

彩夏が甘い声で俺の名前を呼ぶ。

「あたしのエッチな乳首、触って♥ 指でいっぱい弄って♥」

「ああ、もちろん！」

こんなふうにおねだりされて、これ以上いじわるを続けられない。

すぐ人差し指と親指で両方の乳首を挟み込む。

「ひぎゅっ♥ あっ、ひぃっ♥ ううっ、あぁぁっ……んくぅっ♥」

刺激した瞬間、彩夏の体がビクッと跳ねた。

待ち望んだ快感に軽くイってしまったんだろう。

「本当、今日の彩夏はたまらないな！」

興奮しながら乳首をこねるように刺激する。

「あひっ、ひゃあぁぁっ♥　んくっ、あっ、あああぁぁっ♥」

多少強めにしても問題なかった。

完全に蕩け切った体が全て快感に変換して彩夏に与えていく。

「彩夏……エロいよ、綺麗だ……」

俺に愛撫されて乱れる姿を見て思わずつぶやいてしまう。

「あぅ、あんっ♥　はっ、あぁっ……すごい、気持ちいのっ♥」

彩夏はどんどん乱れていく。

俺は乳首への愛撫を続けながら両手で乳房全体を鷲掴みにした。

「んくぅっ……♥」

手のひらいっぱいに柔肉の感触を味わう。

スベスベの肌と、沈み込んでいくような柔らかい感触。

一度味わったら忘れられない気持ちよさだ。

「あぅ、ふぅっ、はぁっ♥　おっぱい、気持ちよくて、頭の中がモヤモヤしちゃう♥」

「彩夏のおっぱい、すごく気持ちいいよ。柔らかくて手が解けそうだ」

「ん、はうっ……あ、あたしもっ♥　健吾の手、自分でするより気持ちいいっ♥」

そんなことを言われると、またたまらない気持ちになってしまう。

さっきフェラチオで射精したばかりなのに、もう肉棒が勃起していた。

触ってもいないのにガチガチだ。

「はぁっ♥　ふぅっ♥　ん、あぁ……すごい、もうこんなになってる♥」

彩夏もそれに気づいたようだ。

胸の谷間から下を見下ろして、うっとりした顔をしている。

「あたし、もう我慢できないよっ♥」

彩夏の手が動き、自分でショーツを脱ごうとする。

俺はその手を掴んで止めた。

「あぅっ！　な、なんで？」

「脱がすのは俺の仕事だろ」

「そ、そうだったね……」

俺は胸への愛撫を中断する。

「横になってくれるか？」

「うん、分かった」

呼吸を落ち着かせながら頷く彩夏。

さっきまで俺が横になっていた場所へ体を倒す。

「んっ……これでいいの？」

「ああ、ちょうどいい」

目の前にあるショーツへ手を伸ばす。

両サイドを持って慎重にズリ下げていった。

「ッ！　は、恥ずかしい……」

彩夏がカッと顔を赤くする。

その理由は、この体勢だと、秘部がよく見えると分かってきたからだろう。

興奮でかなり濡れていたからか、ショーツと秘部の間に透明な糸が引いている。

こんなにドロドロになっているところを見られて恥ずかしいようだ。

「この様子じゃ、こっちの準備は要らなそうだな」

ただ愛液で濡れているだけでなく、入り口がクパクパと動いている。

まるで速く挿入してほしいと求めているみたいだ。

「うぅぅ……あんまりジロジロ見ないで……」

「でも、俺はすごく興奮してるよ」

そう言って彩夏の顔を見る。

「もう我慢出来そうにない。入れていいか？」

「うん、来て」

彩夏は俺の求めに応じて頷く。

「健吾なら、いつでもいいから。たくさんエッチしたい」

「分かった」

好きな人にこれだけ信頼してもらっているのは嬉しい。

俺は気持ちを落ち着けつつ準備する。

「足、動かすぞ」

正常位でするには邪魔な足を左右へ開かせた。

この足も、太ももあたりはむっちりしていて触り心地が最高だ。

ただ、今は横道に逸れている暇がないので頭から追い出す。

「はぁ……ふぅ……恥ずかしいところ、全部健吾に見られちゃってる……」

彼女の言う通り、胸も秘部も全てさらけ出す体勢になっていた。

両手はベッドへ投げ出して、足は俺が押さえている。

彩夏の体を遮るものは何もない。

「……思わず見とれそうだ」

頭から足まで見下ろした俺はそうつぶやく。

光沢のあるキレイな長い黒髪、シミ一つない肌。

すらりと伸びた手足、男の視線を引き寄せる胸やお尻。

ひとつ残らず綺麗で、そしてたまらなくエロい。

見ているだけで興奮し、本能に身を任せて犯したくなってしまう。

「ふぅ……彩夏、するぞ」

暴走しそうになる本能を抑えて声をかける。

そして、待ちかねていた肉棒を彩夏の秘部へ押し当てた。

「あうっ♥　これ、おちんちん……すっごく熱い♥」

押し当てた膣口からジワリと愛液が染み出てくる。

わずかな刺激だけでこんなに濡れるのだから、膣内はいったいどうなっているのか。

期待に胸を膨らませながら、ゆっくりと腰を進ませた。

「んぅっ！　はっ、ふっ……うぅぅぅぅっ♥」

肉棒を膣内へ挿入していく。

「くぅ、熱いな。それに、びっくりするぐらいドロドロだ」

想像通り彩夏の膣内は濡れていた。

一度絶頂したことに加え、胸への愛撫でも感じていたからある意味当然だ。

けれど、思ったより愛液の量が多く、まるで湯船に突っ込んだかのような温かさを感じる。

「あっ♥　んんっ、くぅっ……はぁ、ふぅっ♥　おちんちん、奥まで入ってくる♥」

「彩夏の中、熱くて気持ちいいよ」

奥へ挿入すると、根元まで温かい膣肉に包まれる。

童貞だったときなら、この感覚だけで射精してしまったかもしれない。

「全部中に入ってるぞ」

「はぁ……はぁ……うん、ちゃんと感じてるよ」

しっかり奥までつながったことが分かったんだろう。

少し安心したような表情をしている。

「このまま動くぞ」

続けて腰を動かし始める。

膣内も敏感になっているようなので、最初はゆっくり。

「んうっ……はぁっ……はぁっ……あぅ、ひゅうっ……♥」

腰を前後させるごとに彩夏の口から声が漏れてくる。

「あ、はふぅっ……はぁっ……ふぅっ……んっ……♥」

もう感じていることは隠そうとせず、むしろ俺に昂《たかぶ》りを伝えようとしていた。

視線もこっちに向けられている。

「ん、はっ……ふぅっ♥　健吾のが、中で動いてるのが分かるよ」

「大丈夫か？」

「うん、全然平気。あっ、ふっ……あんっ♥」

再度奥まで挿入すると喘ぎ声が漏れる。

「い、一番奥……刺激されると、声出ちゃう……♥」

「そんなこと言われると、もっとしたくなるぞ」

わざわざ弱点を教えてくるなんて。

男の欲望を煽ると分かってるのか？

「あんまり激しくされると、どうなっちゃうか分からないかも……」

少しだけ不安そうな顔を見せる。俺は自分の理性が砕けそうになるのを感じた。

「ひゃっ⁉　あっ、んんっ♥　あぅ、あんっ♥」

腰の動きを加速させる。

彩夏が驚いたように声を上げたけれど、気にしている余裕はなかった。

「あぅ、んっ、ひうっ♥　なんで、いきなりっ♥」

「彩夏が挑発するからだ」

激しいピストンで体を揺らされている彩夏。

徐々に余裕を失っているようだ。

「あうっ……ふぅっ……あんっ♥　くぅぅっ……あひぃっ……あぁぁっ♥」

喘ぎ声もだんだん大きくなっていく。

それだけ感じている、という証拠だった。

その声を聴いていると、もっと喘がせたくなってくる。

「あっ……ひゃっ、んきゅぅぅっ……あんっ♥」

彩夏の声を聴きながら腰を動かす。

パンパンと体のぶつかる音が部屋に響いていた。

「彩夏……はぁっ……はぁっ……」

興奮と体力を使って俺も息が荒くなってくる。

「ん、あっ……うぅ……健吾、健吾っ♥」

彩夏の手が俺の背中に回される。

そして、そのまま俺を引き寄せた。

「もう一度キスしてっ♥」

答えるまでもなく、俺は彼女の唇を奪う。

「んんっ♥　ちゅぅ……ちゅっ、ちゅうっ……♥」

キスしながら興奮し、膣内へ肉棒を擦りつける。

敏感な彼女の体は、それだけで快感に震えた。

ギュッと膣内を締めつけ、お返しとばかりに快感を与えてくる。

「彩夏とのセックス、癖になりそうだ！」

「あたしもっ、こんなの知っちゃったらひとりじゃ出来ないよっ♥」

彼女はそう言うと、今度は自分からキスしてくる。

「ちゅるるっ……れろ、くちゅぅ……はぁっ、はぁっ……んっ、ちゅぅっ♥」

気持ちよさそうな顔で何度もキスしてくる彩夏。

下半身から上がってくる快感と、キスで得る興奮。

どちらも俺を絶頂まで押し上げようとする。

それに加えて、抱きしめ合う形だから巨乳が胸板に当たって潰れる。

硬くなった乳首が自己主張して、こんなに気持ちよくなっているんだと伝えてきた。

俺の手で彩夏が蕩けている様を、見せつけられている。

たまらない気持ちで、体の奥から熱いものが湧き上がってきた。

「はうっ、くぅぅっ♥　ダメッ、もう……あたし……んんっ♥」

彩夏が俺の肩をギュッと握る、
彼女もイキそうになっているんだと分かった。

「我慢しなくていいぞ、俺も一緒だ」

「健吾ぉ……あうっ……あぁぁっ♥　あんっ♥　あひぃっ……あひぃっ♥」

彩夏の嬌声がどんどん大きくなっていく。

俺もラストスパートをかけるために体を起こした。

「はっ、あっ、ああっ♥　んぐ、はっ、ひゅぅっ、あんんっ♥」

彼女は空いた両手で枕を掴んだ。

ギュッと握りしめて快感に耐えながら俺を見上げる。

「イクッ、もうダメッ♥　ああっ、あぉっ、ううっ♥　イクゥッ♥」

「彩夏っ！　このまま、中で出すぞっ！」

溢れそうになる興奮を抑えつけながら声をかける。

「あひっ、ひゃっ、ぉっ♥　き、きてっ♥　全部出してぇっ♥」

その言葉を聞いて、今までで一番激しく腰を振る。

ズンズンと膣内を肉棒で突き上げた。

最奥の子宮口も、先端で何度もノックするように刺激する。

「あひゅっ、そこぉっ♥　ううっ、あっ、あっ、あぁぁあっ♥　イクッ、イっちゃうっ♥」

絶頂寸前で激しく乱れる彩夏。

そして、そのまま一気に絶頂まで駆け上がっていった。

「彩夏っ！」

「イクイクイクゥゥッ♥　イッグウウウゥゥウゥウゥッッ～～♥♥」

大きな声を上げながら絶頂する彩夏。

その彼女の膣内に思い切り中出ししていく。

「ぐっ……！」

激しい快感で中が締めつけられ、精液を搾り取られる感覚がする。

蕩けるような快感に腰が抜けそうだった。

なんとか体を支えながら、最後の一滴まで注ぎ込む。

「んぐっ、あぁ、おっ……ひゅぅ……♥」

激しい絶頂から降りてきた彩夏が呻く。

まだ呼吸が整っていないようで、ぜぇぜぇと息を吐いていた。

「ふっ、ぐ……はぁ、ふぅっ、はぁっ……頭の中、真っ白になっちゃったよぉ……♥」

力の入っていない声でつぶやく。

俺のほうは、彩夏が喋れる状態まで回復したので一安心だ。

「もう大丈夫か？」

「まだ体は動かせないかも。気持ち良すぎて、自分の体じゃなくなっちゃったみたい……」

見れば、指先なんかがピクピクと震えている。

あれだけ強く絶頂したからか、余韻が残っているらしい。

「じゃあ、このまま少し休むか」

「うん……」

とりあえずベッドの近くに常備してあるタオルを使って軽く汚れを拭く。

濡れたままじゃ気持ち悪いし、時間が経つと冷えるからな。

まだ寒い時期じゃないけれど用心はしておこう。

「ん……ありがと」

礼を言われたので頷いて返す。

「ねぇ、こっちに来てくれる？」

誘われるままに彩夏の枕元へ移動し腰を下ろす。

すると、彼女はごろんと転がって俺の足を枕にした。

「ふふ、こっちのほうがいいな」

「彩夏に気に入られたなら何よりだ」

男の膝なんて硬いだけだと思うけれど、まあいいか。

こういうのは実用性より気分が大事らしい。

そんなことを考えながら彩夏を見下ろしていると、自然と手が動く。

「ん？　健吾？」

そのまま彼女の綺麗な黒髪を梳《す》くように撫でる。

あれだけドロドロになるセックスをした後なのに、ここはサラサラしていて気持ちいい。

触っているのが癖になりそうだ。

「撫でられてるとくすぐったいかも」

「嫌だったら止めるぞ」

「ううん、そのままでいいよ。お互いに好きなことしてるんだし」

そう言われたので遠慮なく続けさせてもらう。

「これからは、こうしてふたりでゆっくり出来る時間が増えるといいなぁ」

「そうだな。ふたりで暮らせるようになれば増えるさ」

別の街へ移れば、もう誰の目も気にすることなく恋人でいられる。

「勉強、ちょっと気合入れて頑張らないとね！」

「ふたりで力を合わせれば何とかなるんじゃないか？　ふたり暮らしか……。理想の生活だな。ワクワクする」

「お、健吾が珍しく根拠がないのにすごい楽観的なこと言ってる」

そう言われて思わず苦笑いする。

「今日はいいことがあった日なんだ、これくら言ってもいいだろう？」

「もちろん！　あぁ、楽しみだねぇ♪」

楽しそうな笑みを浮かべる彩夏を見ながら、この理想を現実に出来るよう頑張ろうと誓うのだった。

エピローグ　平穏の中のふたり

両親に彩夏と恋人だと打ち明けてから一ヶ月ほどが経った。

今の俺たちは受験勉強に精を出している。

「健吾、こっちの公式って合ってる？」

「どれだ？　ああ、そこは間違ってるぞ」

今日も家に帰ってきてから彩夏の部屋で勉強している。

お互いに得意な教科と苦手な教科があるので教え合っていた。

「ん、もういい時間だな」

途中で夕食を挟んで三時間ほど勉強していた。

ひとりで勉強するより、誰かと一緒にやっているほうが集中できる。

サボり防止にも役立つし。

「ん〜〜！」

隣で彩夏がグッと背筋を伸ばしていた。

大きな胸が強調されるので、ついそっちへ視線が行ってしまう。

俺は頭を振って意識を散らすと片づけを始めた。

「勉強のほうは順調だな。この前のテストも点がよかったし」

「練習みたいなものだからこそ、いい点を取らないとね」

「ああ、そうだな」

片付けも終わったので、俺も立ち上がって軽く体を動かす。

集中していると同じ姿勢なので肩や腰にくるんだ。

「でも、やってみるとずっと一緒に受験勉強っていうのも楽しいね」

「ふたりとも同じ大学を受けるから融通が利くしな」

値段の高い過去問題集も共有できるし、お互いにテストを作って交換したりも出来る。

競い合ったり、協力したり、思っていたより面白い。

まあ、一緒にやっている相手が彩夏だから、だろうけれど。

普通の友達相手なら、ここまで楽しいとは思わなかっただろう。

「さっき、お風呂が沸いてるって言ってたな。彩夏はどうする？」

「うーん、どうしよっかな……」

片手を口元に当てて考える。

そして、何か思いついたのかニヤッと笑った。

立っている俺に手招きする。

「なんだよ」

「まあまあ、こっち来て」

言われるままに傍へ寄る。

「えいっ！」

すると、彼女は俺の首に腕を回して抱き着いていた。

「うおっ、いきなりどうした？」

「……どうせお風呂入るなら、エッチした後にしない？」

耳元で囁かれる。

「さっき、あたしのおっぱい見てたでしょ」

気づかれていたのか。

「健吾のエッチ、スケベ、変態♪」

そんなことを言いながら、わざとらしく胸を押しつけてくる。

腕に特上の柔らかさが感じられて気持ちいい。

こんなことをされたら、堪えようもなく興奮してしまう。

「彩夏がそんなにしてほしいなら、彼氏としては応えないとな」

そう言って彼女の腕を掴む。

「え～、お兄ちゃんなのに妹とエッチしていいの？」

「今さらなにを言うんだ、まったく」

「ふふふ♪」

最近、彩夏はこうして時々、兄妹であることを強調してくる。

家で無理に兄妹らしくある必要がなくなったからだろう。

戸籍上は兄妹なのを利用してからかって遊んでいる。

「じゃあ、俺は兄貴を誘惑する悪い妹を教育しなきゃな」

「きゃー、お兄ちゃんに犯されるー」

棒読みな悲鳴を上げる彩夏をベッドへ連れ込む。

そして、すぐに服をはぎ取って裸にしてしまった。

「あぅ……」

「流石に全裸にされると恥ずかしいか」

セックス中はともかく、まだ素面な状態だと俺の視線を意識するらしい。

羞恥心でさっきより顔が赤くなっている。

「健吾、どうするつもり？」

「そうだな、やっぱり後ろからにするか」

そう言いながらズボンを脱いで肉棒をさらけ出す。

さっき胸を押しつけられて挑発されたせいで、すでに勃起していた。

「うっ、もうやる気十分……」

「彩夏のほうも濡らしてやらないとな」

そのまま背中を押して四つん這いにさせる。

こっちに向けられたお尻へ手を伸ばし、指先で割れ目を愛撫した。

「ん、くっ……はぁ……うっ……んっ♥」

さすがにまだ濡れていなかったけれど、少し刺激していると愛液が出てきた。

そのまま十分なほど濡らした後、遠慮なく肉棒を挿入していく。

「あっ！　くひぃっ！　んぐっ……あぅ、中にぃ……あっ、ああっ♥」

ちゃんと愛撫したからか、引っ掛かりもなく最奥まで咥えこむ。

ただ、すべては解れていないようで、まだ動きは鈍い。

「ほら、どんどん動かしていくぞ！」

「はぁっ……はぁっ……んぁっ……あひぃっ……あぅぅっ……あんっ♥」

大きなストロークで肉棒を動かす。

もう何度も繰り返して慣れた感覚だ。

痛くしないよう気を付けながら、徐々に激しくしていく。

「あぁぁっ♥　ふぅっ……あひぃっ♥　おちんちん深いっ……ん、ぐっ♥」

「きっちり奥まで咥えこんでるな。すごくエロいぞ彩夏」

肉棒を奥まで突き込むと同時に嬌声が漏れ出る。

彩夏もいい具合に感じているようだ。

「あうっ……あぁぁっ♥　あんっ♥」

「だいぶ気持ちよさそうだな？」

「け、健吾が気持ちいいとこばかり責めるからぁっ♥」

彩夏の弱点がどこにあるのかよく知っている。

一度感じ始めてしまえば、後はイクまで気持ちいいだけだ。

ただ、気持ち良すぎて苦しいという場合もある。

「勢いがよすぎたなら、もう少し緩めてもいいぞ」

そう言う俺に対し、彼女は首を横に振った。

「んっ……ううん、大丈夫。それに……」

こちらを振り返ると、先程のような笑みを浮かべる。

「もうちょっと強くしてもいいよ、お兄ちゃん？」

「こいつめ……なら、もう遠慮はいらないな！」

そう言いながらもピストンを強くすると、彼女の口から喘ぎ声が漏れてくる。

「これ、気持ちいいっ♥　はぁっ、はぁっ、あひぃっ……おちんちん、一番好きっ♥」

「すっかりセックス大好きになってるな」

「だって、エッチしてると恋人って感じするし……んぁ、はぁっ……あんっ♥」

そう言われると、俄然、張り切りたいという気持ちが湧いてくる。

突き出されたお尻を両手でしっかり掴み、より激しく彩夏を犯していった。

「はぐっ、ううっ♥　あたし、もうイっちゃうっ♥」

「なら、俺もイクぞ！　全部受け止めろよっ！」

腰と腕を掴み、動けないようにした状態で思い切り腰を振る。

「あひぃっ♥　ひゃっ、あへっ……くぅぅぅっ♥　らめっ、イクッ、イクッ♥」

完全に快感に蕩けた表情の彩夏。

その顔に興奮してラストスパートをかける。

「ああっ♥　イクッ、イクイクッ♥　っくううううっ♥」

「彩夏っ！」

最後の瞬間、思い切り奥まで突き込んで射精する。

突き上げるような快感と共に、勢いよく精液が噴きあがった。

「ひゃっ、ひぃぃぃぃぃいっ♥　イグッ、あああぁぁあぁぁぁぁっ♥♥」

中出しと同時に絶頂する彩夏。

喘ぎ声を上げる彼女を押さえ込みながら、最後まで中に注ぎ込んでいく。

「っくぅ……！」

「あひっ、ふぅっ……く、あぁっ、はぁっ……♥」

絶頂の終わった彩夏はそのままベッドへ突っ伏してしまう。

俺もその横へ腰を下ろした。

「はぅ、はぁっ……もうダメ、ギブアップ……はぁ……」

「風呂まで行けるか？」

「ちょっと休憩しないと無理ぃ……」

「分かったよ。じゃ、もう少し後でな」

俺はそのまま彩夏の横で付き添いつつ、こんなふうに気軽に恋人としての時間を楽しめることに感謝するのだった。

あとがき

皆さんごきげんよう、愛内なのです。

本書を手に取ってくださり、ありがとうございます。

本作は、一年越しの告白を成功させた主人公とヒロインが、両親の再婚で義理の兄妹になってしまうお話です。

せっかく恋人になれたのに、恋人らしいことが出来なくなってしまいます。

しかも、一つ屋根の下で暮らしているので、欲求は溜まっていくばかり。ふたりがどうやって恋人関係を取り戻していくのか、楽しんでいただければ幸いです。

さて、謝辞のほうへ移らせていただきたいと思います。

今回もお世話になりました担当編集様。いつもご助力ありがとうございます。

表紙や挿絵などを担当してくださった、能都くるみ様。ヒロイン彩夏のエッチなイラストをたくさん書き下ろしていただき、本当にありがとうございました！

そして最後に読者の皆様。こうして執筆を続けられているのも皆様の応援の賜物です。

これからも頑張りますので、次回作を楽しみにしていただけると嬉しいです。

それでは、バイバイ！

２０２１年　４月　愛内なの

ぷちぱら文庫 Creative

やっとできた彼女《かのじょ》だったのに親《おや》の再婚《さいこん》で兄妹《きょうだい》になりました⁉

～ひとつ屋根《やね》の下《した》でバレずに経験《けいけん》できるかな？～

2021年 5月28日　初版第1刷 発行

■著　　者　愛内なの
■イラスト　能都くるみ

発行人：久保田裕
発行元：株式会社パラダイム
〒166-0004
東京都杉並区阿佐谷南1-36-4
三幸ビル4A
TEL 03-5306-6921
印刷所：中央精版印刷株式会社

PPC264

▼シリーズ 既刊作品▼

ぷちぱら文庫
Creative 255
著：愛内なの　画：能都くるみ
定価：本体790円（税別）
期限までに妊娠しないといけないって!?
今日から彼女ができたから
ホンキで子作り、シテみたい♥
クラスの（苦手な）陽キャ女子となぜか許嫁に！
智宏には無縁の存在だった学園一の陽キャ女子。モテる彼女と突然に許婚だと言われ、ふたりだけで同居までずることになったことで、智宏の生活は一変した。相手の雪姫はすっかり納得しているようだが、同居の目的はもう一つある。それは一年以内に、子作りしろというものだ。お互いの初体験を初夜にすますと、そこからはもう、学園内でもエッチが止まらなくなって!?

追放されて転校したら
純情ヤンキー娘と
エッチなラブコメ始まりました！
ついシちゃったら…
ホントに可愛い、
最高彼女デキました♥
ずっとボッチだった和正は、地元でも有名なヤンキー娘・乃愛に勉強を教えることになった。ふとしたことから知り合ったのだが、周囲からは恋人ように見えているらしい。毎日いっしょに過ごしてみると、乃愛はとても純粋で一途な美少女だった。勉強へのお礼だという乃愛に押されて経験してしまったが、彼女のほうも初めてで、それからは毎日のように求められて…。
ぷちぱら文庫
Creative 263
著：成田ハーレム王　画：能都くるみ
定価：本体810円（税別）

▼シリーズ 既刊作品▼

家事代行を頼んだら
ギャルのご奉仕メイドがやって来た
俺専属の愛妻メイドに！
今日からなって、くれますか？
新規事業に疲れ果て、健康を崩しかけた誠也を救ってくれたのは、家事代行サービスから派遣されてきた樹里だった。樹里の仕事は完璧で、これ以上ないぐらいに助かっていたが、なんと気に入ったご主人様には裏オプションまであるという。美少女メイドが家にいるだけでも癒やされるのに、ご奉仕まで受けて完全に復活した誠也は、樹里の魅力にますますハマってしまい!?
ぷちぱら文庫
Creative 262
著：亜衣まい　画：すてりい
定価：本体810円(税別)